TROP LOIN, TROP TARD

ISBN : 2-84772-007-3

Régis BELLŒIL

TROP LOIN, TROP TARD

ROMAN

PRESSES DE VALMY
165, rue de Paris
94220 – Charenton-le-Pont

A ma mère, ces pages d'amour et de mort…

Première partie

« Pourquoi la lumière a-t-elle été donnée à un misérable et la vie à ceux qui sont dans l'amertume du cœur ?

Qui attendent la mort, et la mort ne vient point, quoiqu'ils la cherchent avec le même empressement que s'ils déterraient un trésor. »

JOB, III : 20-21

CHAPITRE UN

Un vent violent balayait la petite place où Frank avait pris l'habitude de passer ses soirées, cherchant refuge sous les maigres arbres et le regard paisible de la lune endormie. Les ombres frissonnantes des quelques passants s'agitaient derrière la vitre du bar, les néons striaient la nuit de filaments multicolores alors que le ciel teinté de cendres observait les humains en silence.

Elle s'était dirigée vers Frank en plantant dans son cœur deux yeux de jeune chatte effarouchée par la vie. Il ne la connaissait pas – pas encore – mais l'intensité de son regard semblait capable de transpercer la nuit. Il la vomissait déjà pour tout ce qu'elle serait susceptible de lui faire subir. Et il aimait ça.

Frank lui avait assuré qu'elle n'avait rien de commun avec toutes celles qu'il avait connues auparavant. Elle n'en avait bien entendu pas cru un mot. Lui-même ignorait s'il était ou non sincère.

Elle possédait certes un charme qui la différenciait du commun des mortels, mais ce charme, quoique certain, restait indéfinissable. Cela n'était après tout guère surprenant puisque le charme, au contraire de la beauté, ne répond à aucun critère particulier. Toujours est-il qu'elle souhaitait, disait-elle, du soleil, dans son cœur et dans le ciel, et rien d'autre. Frank pensait que c'était déjà beaucoup. Il savait que le compte à rebours venait de débuter.

Le bar où ils se trouvaient possédait un dessus de comptoir vraiment dégueulasse, parsemé de ronds de bière séchée et incrustés dans la poussière. Cette histoire s'annonçait moche. Frank grelottait ; deux jours sans dormir, mais pas sans boire. Ses yeux clignotaient dans le néant à la recherche d'un signe, n'importe lequel, car la vie est faite de signes, pensait-il, mais il tardait à se manifester. Il alluma une cigarette pour tenter d'oublier ce qu'il était en train de faire.

Il avait envie de se terrer dans un cinéma ou n'importe où, ailleurs, seul, pour fuir. Mais elle se trouvait toujours en face de lui et il devinait, à sa façon de poser les yeux sur lui, sur sa solitude, qu'elle commençait à l'apprécier, et peut-être à s'attacher. Danger.

Dehors, la pluie tombait sans discontinuer. Elle disait aimer la mer. Frank détestait l'eau, sous quelque forme que ce soit.

Il n'avait pas répondu lorsqu'elle lui avait demandé son prénom. Il n'avait pas écouté lorsqu'elle lui avait dit le sien. Quelle importance ? Possible qu'elle soit mineure, elle paraissait timide, un peu comme un ange déchu de son paradis, un peu comme Frank…

Il bailla. Son esprit tanguait, comme à l'accoutumée, par-delà le temps et l'espace. Seules les bières qui atterrissaient régulièrement sur leur table maintenaient le lien à la réalité. Il y avait aussi ce vieux juke-box qui crachait *Never let me down again* en boucle. Pas neuf, tout ça, mais pas désagréable non plus. Idéal pour ce genre de soirées.

Frank hésitait entre lui demander de partir, parce qu'il n'y avait rien à attendre de lui ce soir-là ou bien l'emmener faire un tour dans sa voiture, direction nulle part, où c'est ailleurs, de toute façon. En fin de compte, il l'embrassa, ce qui ne signifiait et n'engageait pas à grand chose. A cet instant précis défilèrent dans son esprit des dizaines de scènes identiques à celle qu'il était en train de vivre. Il était saoul et fatigué, elle aussi, sans doute. Marre de ces conneries, de cette incapacité à souhaiter autre chose que la rencontre hasardeuse de deux infortunes égales, unies un bref instant dans l'espoir que surgisse enfin un peu de magie de ce grand merdier qu'est l'existence.

Trop saoul pour conduire, Frank. Un reste de chance les aida à attraper le dernier métro. Il hésita entre diverses solutions : dormir chez lui, chez elle ou ne pas dormir du tout, puisque rien ne les y obligeait.

La lampe de l'entrée de l'appartement meurtrit leurs regards embués de fatigue. Elle referma la porte avant de se jeter à son cou en l'embrassant fougueusement, sorte de tentative désespérée visant à sectionner les barbelés qui enserraient l'esprit de Frank. Un instant, elle faillit y parvenir, mais il n'avait pas l'âme d'une bouée de sauvetage. Une erreur de tempo ne pardonne pas, il ne faut être ni en avance, ni en retard, ne pas se tromper de lieu, de temps, de personne... Choses tellement humaines et tellement intolérables, totalement inexcusables...

Comme Frank ne parvenait plus à prononcer une seule phrase intelligente (intelligible ?), il préféra se terrer dans un mutisme neutre en attendant que quelque chose se produise. N'importe quoi. Par exemple, que cette fille s'aperçoive de son erreur. Il se sentait incroyablement libre, sans doute même un peu trop ; pour la première fois de sa vie, il ne redoutait pas l'échec, le ratage était annoncé, prévu, prévisible. Tout marchait comme sur des roulettes. Il était devenu indifférent, fort, puissamment dégueulasse et ce sentiment faisait naître en lui une amère jouissance, comme un arrière-goût de pourriture au fond de la gorge. La pluie tombait toujours.

Elle l'embrassa une dernière fois avant de s'enfermer dans la salle de bains. Le robinet qui coule, encore de l'eau, et ce silence qui hurle, qui tue, encore et encore. Merde !

Frank ouvrit la porte d'entrée, la referma sans bruit avant de s'engouffrer dans les escaliers menant à la rue déserte. Retour à la case départ, une fois de plus.

CHAPITRE DEUX

Dans la chambre de son petit appartement, Frank se sentait pris au piège, incapable de lutter contre les fissures du plafond et les nombreuses toiles d'araignée qui le peuplaient.

Il ignorait depuis combien d'heures, de jours, de mois il gisait ainsi, sur un matelas une place posé à même le sol, comme si l'immobilité avait aboli le temps ou plus exactement lui avait conféré une importance dérisoire. Seul existait le réseau confus formé par les fissures et les toiles, et l'existence de Frank se résumait désormais à une hagarde contemplation du génie arachnéen.

Auparavant ? Un peu de boxe à un bon niveau amateur, catégorie super-moyens, quelques romans publiés chez des éditeurs de troisième zone, une poignée de conquêtes féminines, souvent trop faciles et sans but... Que dire d'autre ? Ah ! oui, bientôt trente-trois ans, l'âge de qui vous savez à sa mort, comme les rares amis qui lui restaient ne cessaient de lui répéter.

Le C.V. n'avait certes rien de reluisant, mais était cependant préférable à la morne activité à laquelle se livrait Frank quotidiennement, et qu'il ne parvenait même pas à nommer. Esthète de la déliquescence plafonnière ? Observateur des empreintes humides laissées par la baignoire incontinente du voisin ? Il y avait de cela, assurément, mais le cœur du problème était que tout, autour de lui, mourait ou disparaissait dans un bel élan. L'impression d'être un survivant, même si lui-même ne se sentait pas très bien. En chute libre depuis des années, Frank, et gare à l'atterrissage ! L'inactivité le rongeait plus sûrement que n'importe quel acide.

Son appartement reflétait plus que n'importe quel discours la réalité du désarroi qui l'avait envahi au fil du temps : un rat n'aurait pas aimé y vivre. Quoique… Il en soupçonnait un de venir lui rendre visite régulièrement.

La chambre se trouvait à proximité d'une voie ferrée, et le ballet incessant des trains rythmait la valse de ses délires. Chaque matin, il espérait parvenir à éviter la confrontation avec le passé. Il luttait mais, invariablement, faisait partie du voyage. Par moments, il se prenait à rêver d'un départ définitif, dans le but de s'unir enfin véritablement à ce néant qui le possédait depuis si longtemps.

Oui. Un froid métallique, un éclair de sang qui jaillit dans la lumière sans âme du néon, puis plus rien. Plus rien d'autre qu'un éternel silence, bercé de visions de mort.

Oui, sans doute, un jour cela se produirait…

CHAPITRE TROIS

Toutes ces années passées à se perdre... Le soleil déclinait lentement à l'horizon et de lourds nuages s'amoncelaient dans le ciel, comme vingt-cinq ans auparavant. Frank se souvenait qu'il avait quitté l'école en courant, le jour de son septième anniversaire. Il vivait alors avec son père, cantonnier dans la petite commune qui les avait vus naître tous les deux. La mère de Frank n'avait pas survécu à l'accouchement, le médecin ayant été contraint de choisir entre la vie de la femme et celle de son enfant. Frank était demeuré en vie mais son père n'était jamais réellement parvenu à faire le deuil de sa femme. Il noyait sa peine dans le feu de l'alcool; pas de meilleur moyen selon lui de réduire au silence le fantôme de la disparue, trop pure pour mourir dans la boue de l'indifférence.

Frank ne connaissait de sa mère que les descriptions qu'en faisait son père, au plus noir de la soirée, lorsque les bouteilles vides tombaient de la table pour se briser sur le sol poussiéreux. Ils sortaient souvent observer en silence les étoiles, dans l'espoir peut-être de trouver une réponse à leur angoisse et le père, soutenu par son fils, évoquait alors en des termes tendrement douloureux son bonheur perdu, ce qu'il se refusait à faire lorsqu'il n'avait pas bu.

A la mort de son épouse il avait, dans un accès de colère désespérée, brûlé toutes les photos la représentant afin de tenter de l'oublier, sans toutefois ignorer que cela relevait de l'impossible.

Les monologues nocturnes de son père perturbaient Frank, qui ne trouvait que très tardivement le sommeil, après que ses yeux eurent été mouillés de quelques larmes.

Mais le jour de ce septième anniversaire, la joie et l'excitation l'habitaient et grandissaient à mesure que l'image de la maison familiale se découpait dans le lointain. Le chemin de terre reliant l'école à ce domicile serpentait au travers de champs déserts où nulle présence humaine n'était détectable. Frank appréciait cette solitude, préférant finalement la compagnie des fleurs et des animaux à celle des hommes. La pauvreté dans laquelle il vivait ne le gênait pas outre mesure, mais le jugement impitoyable de certains de ses camarades le dérangeait plus. Cependant, il possédait en lui l'humilité et la sagesse de ceux qui n'ont rien, et savait intimement que ces vertus lui seraient utiles dans le futur.

Lorsque Frank ouvrit la porte d'entrée, son père se tenait debout, au fond de la pièce principale, près de la table où trônait une bouteille déjà bien entamée. Ils échangèrent silencieusement un long regard. Le père, fidèle à son habitude, paraissait grave et soucieux, au contraire de Frank dont les yeux rieurs trahissaient l'espérance.

Le père désigna d'un geste une boîte emballée dans un papier-cadeau multicolore et posée sur la commode. L'émotion de son fils était grande lorsqu'il la saisit, n'osant pas se réjouir trop vite de peur que son attente soit déçue. Il tournait la boîte en tous sens, l'admirant comme une chose venue d'un autre monde, terrifié à l'idée de l'ouvrir parce que n'ignorant pas que le charme serait alors rompu.

Le père s'assit à la table pour remplir son verre, tandis que Frank se décida finalement à déchirer l'emballage. A l'intérieur du carton étincelait un camion de pompiers, celui précisément qui faisait l'objet de tous ses rêves, et qu'il avait osé demander comme cadeau d'anniversaire. Son regard brillait de bonheur et de reconnaissance lorsqu'il le dirigea vers son père, mais aucun son ne sortit de sa bouche. C'était son premier cadeau et il ne savait comment le remercier.

Alors que le chat miaulait dans la pièce voisine, les mots manquaient à Frank pour exprimer ce qu'il ressentait. Le père, lui, demeurait indifférent. Il pensait déjà à autre chose. A sa femme, trop tôt disparue. Pourquoi ?

Frank faisait rouler le camion sur le sol crasseux en imitant le bruit du moteur du vieux Dodge dans lequel le voisin lui avait permis de s'asseoir, une fois. Il riait et s'amusait lorsque son père prononça une phrase dont la signification ne lui apparut que bien plus tardivement : « Ce sera son unique cadeau ». Par ces mots, il ne s'adressait ni à Frank ni à lui-même, mais à sa femme qui, une fois de plus, revenait le hanter.

Frank cessa un instant de jouer pour regarder attentivement son père mais ce dernier demeurait aussi impassible et absent qu'à l'accoutumée.

Le camion recommença à rouler autour de la table, alors que le père se servait un nouveau verre. Perdu dans les brumes de l'alcool, son esprit ne distinguait déjà plus le rêve de la réalité. Sa femme se tenait de l'autre côté de la table, immobile, désirable, mais morte, irrémédiablement morte ; sans avenir, tout comme lui et comme tous ceux qui n'attendent plus rien de l'existence, vivant par habitude jusqu'à ce que leurs âmes se soient noyées dans le chagrin, jusqu'à ce que les souvenirs aient disparu à tout jamais…

Le père de Frank décéda d'une crise de *delirium tremens* trois mois après l'anniversaire. Désormais orphelin, ce dernier fut placé dans une famille d'accueil habitant la banlieue nord de Paris. Il y demeura jusqu'à sa majorité, mais ces dix années furent semblables à un trou noir durant lequel il survécut en attendant des jours meilleurs.

Ironie. A trente-trois ans, sa principale occupation consistait toujours à attendre que quelque chose se passe dans cette putain de vie. A attendre et à ne pas oublier…

CHAPITRE QUATRE

Sans force, épuisé physiquement et mentalement, le moindre geste coûtait à Frank des efforts surhumains. Il se laissait parfois tomber à terre en espérant crever, mais telle n'était pas non plus sa destinée. La folie s'emparait de son être en léchant les quatre murs de la chambre.

L'amour est aussi fugace qu'un reflet doré à la surface d'un lac gelé mais ses conséquences, elles, durent une éternité. Mots et baisers détruisent lentement, tendrement ; poignards délicatement efficaces, ils saignent à blanc. Une fois le bonheur envolé, ne demeure dans la mémoire que ce qui fait mal.

Des frissons envahissaient Frank à la tombée de la nuit, lorsque surgissaient les fantômes du passé, chargés de leur imposant fardeau de douleurs vivaces et de passions mal éteintes. Il lui semblait alors préférable de sombrer dans l'inconscience éthylique, puisque la mort niche dans des alcôves aux confins de la raison. Etant seul à pouvoir s'entendre, il avait cessé d'appeler à l'aide.

Une tristesse sonore habitait la lune, les lumières de la ville effleuraient la nuit de leur fugitive extinction. L'envie manquait à Frank d'exister à nouveau, le sol de ses désirs étant trop aride pour être cultivé. Son cœur séchait à force de se noyer. Le monde le glaçait.

D'une humeur vagabonde, lucide et sombre, une bière à la main et bien d'autres dans l'âme, le compteur tournait, les zéros s'accumulaient, le vide se créait d'instinct autour de ses phalanges de squelette froid. Le regard humide, l'esprit en feu de n'avoir su interrompre la guerre interne et silencieuse, meurtrière comme le combat de trop, Frank fixait le point situé au-delà de sa ligne d'ombre, lieu de ses pensées délavées par l'eau sans vie. L'eau de mort…

Dans son regard, des lueurs de chacal affamé hurlant sous la lune des montagnes désertes, la queue basse mais les yeux fiers, revolvers du désespoir sans limite, lumineux comme un éclat de métal en fusion.

Frank sentait, sans les voir, les murs se rapprocher et, bientôt, l'écraser. Il ne souhaitait pas fuir le danger ; sa volonté s'était brisée, dispersée, enfouie sous les vestiges du combat.

L'icône l'obsédait. Cette fille avait la beauté d'un ange pervers, son corps brûlait et irradiait comme un soleil. Le ciel de ses yeux était vierge de nuages et d'ombres, bleus comme une nuit sans éclairs. Mais cet ange n'était que de passage, sa chair et son sang étaient destinés à un autre ; l'histoire était écrite et ne pouvait se dérouler différemment. Seul subsistait, dès lors, le sentiment atroce de l'isolement au sein d'un monde qui ne voulait pas de lui.

Une lettre qui se consume dans les flammes et c'est tout un être qui brûle, une porte qui se referme, une lumière qui s'éteint. C'est l'errance qui reprend, une fois de plus, avec dans la tête la résonance d'un rire qui disparaît dans le lointain.

L'existence est ainsi faite que rien ne dure au royaume de l'éphémère : les murs s'écroulent sitôt construits, les cœurs s'effritent, les amours s'évanouissent en un dernier soupir, les branches pourries tombent de l'arbre.

Frank traînait son ennui comme l'escargot, sa coquille. Le jour pouvait aller au diable, il n'attendait plus que la nuit…

CHAPITRE CINQ

Lorsqu'il était adolescent, Frank passait toujours par la place de la gare pour se rendre au collège. A l'aller comme au retour, son regard croisait celui d'un vieil homme, assis stoïquement sur un banc, immobile comme si la mort avait déjà pris possession de lui. De temps à autre, ce dernier jetait aux pigeons les quelques morceaux de pain rassis qu'il ne parvenait plus à mâcher. Ces oiseaux semblaient être ses seuls amis, en tout cas les seuls êtres vivants à lui accorder encore un peu d'attention.

Frank ne comprenait pas pourquoi le vieil homme parlait tout seul, parfois avec véhémence, la plupart du temps avec tristesse, insultant ou suppliant un être visible de lui seul. Il lui arrivait d'apostropher les passants en hurlant des paroles insensées. Frank ne pouvait s'empêcher de lui trouver une ressemblance avec son père. Même s'il le craignait, cela ne le gênait pas, lorsqu'il se trouvait avec ses camarades, de se moquer de lui et de lui lancer des pierres, tout en prenant garde de ne pas s'approcher trop près.

Le vieil homme réagissait rarement à ces marques d'hostilité, sauf si l'un des cailloux atteignait sa bouteille de vin rouge. Il bondissait alors tel un diable hors de sa boîte et poursuivait les gamins qui s'enfuyaient en riant, sans jamais parvenir à en rattraper un seul.

Le vieux ne pleurait plus depuis longtemps. De profondes rides barraient un visage sur lequel était désormais figée une sempiternelle expression d'indifférence. Son esprit naviguait bien loin de la gare, au-delà même des brumes de l'alcool, là où pourrissaient les restes de son ancienne vie. Eh oui ! Avant les déchirures et les coups durs, il avait eu une vie…

Occupé à observer l'homme, caché derrière une boutique, Frank séchait souvent les cours. Le vieux feignait de ne pas l'apercevoir, tout en s'interrogeant sur ce qu'il pouvait bien lui vouloir. Cela ne l'empêchait cependant pas de porter le goulot à sa bouche en maudissant l'espèce humaine. Dans son esprit, les pigeons ne valaient d'ailleurs guère mieux, eux qui menaient une existence tout aussi vaine que la sienne, sauf que leur destin leur imposait de vivre dans la rue, alors que le sien aurait du être autre.

Parfois, le vieux pensait à ses enfants, qui devaient vivre quelque part, peut-être pas très loin de lui. Le mauvais vin l'aidait à chasser cette pensée, car il était hors de question qu'ils le voient dans un tel état.

Sur un banc voisin, une jeune fille écoutait fréquemment au Walkman un best-of de Gainsbourg, dont elle fredonnait tristement les chansons. Le vieux aimait le grand Serge, qu'il considérait peu ou prou comme un collègue, le génie mis à part, bien entendu. Il ne suffit pas de se détruire…

Gorgée après gorgée, l'odeur de la rue imprégnait son gosier. Bitume et métal mêlés, l'odeur la plus terrible et la plus enivrante qui soit. La rue, c'est la fin de l'espoir ou la porte du paradis, au choix.

La jeune fille possédait un certain charme. En d'autres temps, le vieux se serait assis près d'elle pour lui dire que ses yeux étaient des soleils auprès desquels il souhaitait s'aveugler, ou une connerie de ce style, ça marche toujours avec les cruches quand on sait prononcer les mots de la bonne façon.

Mais désormais, seule la réalité l'aveuglait, ou la vérité, ce qui revient au même. La chance passe et les anges s'envolent.

Un jour, un jeune type s'approcha de la fille pour lui dire quelques mots. Elle rit, ce qui l'encouragea à prendre place sur le banc et à continuer de parler. Le vieux le connaissait, il l'avait déjà vu fourguer sa came à l'entrée du parking souterrain. C'était un de ces mecs qui vendent du cauchemar au prix du rêve, des marchands d'illusions qui ne durent que le temps d'un soupir.

La fille s'éloigna en compagnie du petit prince des rues maussades, la tête pleine des promesses de la poussière d'ange, en quête d'un succédané de bonheur à deux-cent balles la dose. Le vieux savait que, pour elle, le compte à rebours avait commencé, mais il n'en voulait pas au type. Lui ou un autre… Le destin ne manque pas d'instruments pour accomplir sa tâche.

Le vieux se souvenait ne pas avoir eu beaucoup de chance non plus. Cela lui semblait si loin, désormais, presque irréel… Et pourtant…

Le temps n'efface rien, il ne fait que recouvrir les événements d'une fine couche de poussière qu'il n'est pas aisé de balayer. C'est pourquoi les plaies s'infectent, faute de se refermer, et finissent par gangrener l'être tout entier, s'unissant et s'additionnant avec pour seule fin la perte de l'individu.

Inutile de crier, de gémir ou de se taire, c'est égal. L'orgue gronde dans les cathédrales intérieures, de froids sons s'échappent des tuyaux pour monter vers le ciel, créer des éclairs, creuser des gouffres et y précipiter la terre entière.

Les années passèrent et le vieux ne se décidait à quitter ni son banc, ni la vie. Plus personne ne lui prêtait attention, pas même Frank. Son vœu avait été exaucé. Les pigeons l'avaient également délaissé. En d'autres circonstances, il en aurait été heureux…

Non loin de là, la jeune fille faisait la manche ou la pute, voire les deux. Rien d'anormal à cela, elle était prête à tout pour obtenir de quoi payer sa dose. Il en fallait plus pour émouvoir le vieux, il n'avait jamais tenté de lui parler. Les fantômes ne sont pas faits pour dialoguer.

Un jour, le vieux disparut. Cette nouvelle fut douce comme une caresse des étoiles pour la fille, ça faisait toujours un mendiant en moins. Nul ne sut précisément ce qu'il était advenu du vieux, mais chacun devina, car la rue a ses évidences qu'il est inutile d'énoncer. Son banc resta longtemps inoccupé, comme si la peur de violer un tombeau étreignait les passants lorsqu'ils s'en approchaient.

Vingt ans plus tard, Frank ne pouvait s'empêcher de songer à une citation de l'écrivain suisse Ludwig Hohl : « Les derniers des derniers ne crient pas, ne parlent pas, ils ne font que regarder avec des yeux de mort, graves et insondables. ».

Qu'est-ce qui, désormais, le différenciait réellement de celui qu'il appelait « Le vieux » ? Assurément, peu de choses.

CHAPITRE SIX

Frank scrutait depuis des heures les fissures de son plafond, couché à même le sol, oppressé par les murs, flagellé par le silence. Inerte, quasiment mort, et pourtant en vie, comme si ce que l'on nomme folie commençait à s'emparer de lui.

Il parvint difficilement à quitter sa chambre, titubant dans les escaliers jusqu'à ce que l'air frais de la rue vienne lui fouetter le visage. Retour à la vie. Il tentait de se concentrer sur l'un des derniers signes objectifs de son appartenance au monde : sa respiration.

La faim le tenaillait, ses jambes lui obéissaient à peine. Il décida de chercher un endroit où manger et boire. Deux jours déjà depuis le dernier sandwich. Après quelques dizaines de mètres semblables à une traversée du désert, il aperçut une friterie dont s'occupait un type à l'allure sympathique mais triste. Belle journée, n'est-ce pas ? Ca dépend pour qui, monsieur…

Le type lui lança un regard de fin du monde qui en disait long sur son état mental. Un moral à se balancer au bout d'une corde. Il prépara le sandwich sans rajouter un mot. Cela ne faisait aucun doute qu'il appartenait à la même race que Frank, celle des êtres rongés, le cœur à vif, espérant juste un peu de repos mais ignorant que la sérénité demeure un luxe que bien peu parviennent à s'offrir.

Les pas de Frank le conduisirent ensuite jusqu'à un buraliste, où il feuilleta un grand quotidien national sans parvenir à comprendre ce qui faisait tourner ce putain de monde. Rien de nouveau sous le soleil, assurément ; la même histoire se répète jour après jour depuis le commencement des temps. Inutile d'acheter un journal pour savoir cela.

Un jeune gars d'une vingtaine d'années s'approcha de lui, quémandant quelques pièces sans grande conviction et, par-là même, sans grande chance de les obtenir. Les passants se détournaient de lui sans prêter la moindre attention à son regard de chien battu ni à son aspect misérable.

– Vous auriez un peu d'argent à me donner, monsieur ? Je suis à la rue, j'ai faim !

– Chacun ses problèmes, mec, et les miens valent bien les tiens.

Frank s'éloigna en se demandant pourquoi il avait répondu ça. Il marchait vite, courait presque, oubliant son état fébrile, soucieux de distancer le mendiant, comme s'il craignait que ce dernier puisse le rattraper. Un semblant de honte lui donnait des ailes, mais ce n'était certes pas celles d'un ange. Il méprisait son égoïsme, parce que les malheurs s'additionnent, ils ne se retranchent pas. Pour avoir oublié cette évidence, Frank se sentait encore un peu plus seul qu'auparavant. La fraternité née de la misère, la pureté issue de la pauvreté n'étaient que mythes inventés par les bourgeois pour assurer leur tranquillité d'esprit. Les chiens mangent les chiens. Voilà la vérité. Dans la rue ne vivent que des loups et Frank, à son insu ou non, était devenu l'un d'entre eux.

CHAPITRE SEPT

Frank pensa subitement à Marco, l'ami du passage à l'âge adulte, presque un frère. Et pourtant, il avait quasiment oublié son existence. Leur révolte commune contre la société les avait rapprochés, malgré eux. Ils avaient connu les mêmes espoirs, les mêmes désillusions avant de se rencontrer : la misère, la famille désunie, les galères quotidiennes et, dès la fin de l'enfance, la petite délinquance et la défonce sous toutes ses formes. La vie en cité ? Un requiem pour les laissés pour compte de l'existence.

Malgré tout, ils avaient poursuivi leurs études plus avant que la plupart de leurs semblables, sans fournir beaucoup d'efforts, preuve que rien ne peut remplacer l'intelligence, sauf lorsqu'il s'agit d'aimer…

De ce point de vue, Marco tirait mieux son épingle du jeu que Frank, en dépit d'une évidente ressemblance des deux garçons sur le plan physique, également blonds et élancés. Mais le charisme ne s'apprend pas, le charme n'a que faire de la beauté. Frank, assez effacé à l'époque, se rendait coupable de ne jamais avoir la bonne attitude. A trop rechercher la solitude, on finit toujours par la subir. Faute de mieux, il s'en nourrissait dans l'espoir déraisonnable d'écrire, un jour, un livre si plein de rage et de puissance que toute littérature postérieure semblerait vaine ou superflue. Sans doute est-ce la folle ambition de tous les écrivains. Mais seules quelques-unes unes de ses nouvelles avaient été publiées dans des revues de faible envergure. Encore une illusion qui avait volé en éclats.

Lorsque Marco rencontra Vanessa, une fille séduisante dont l'ambition principale était de devenir mannequin, son existence bascula irrémédiablement du côté de la norme la plus insipide. Morne norme. Frank, à un moment donné, avait également éprouvé un tel besoin de calme et de sérénité, mais aucune des femmes qu'il avait fréquentées ne l'avait incité à s'engager dans cette voie, si bien qu'il avait rompu toute relation avec Marco pour continuer à s'enfoncer toujours plus dans la nuit et le vice. En apparence, il n'existait pas d'issue : il s'était consumé comme une cigarette, l'alcool avait remplacé son sang mais maintenant, alors que la fin du voyage approchait, il ne regrettait plus rien...

Les chemins respectifs de Frank et Marco ne s'étaient pas croisés depuis près de dix ans. Frank ne désirait pas spécialement revoir son vieil ami, sans doute par peur de devoir comparer leurs vies durant cette période. C'est un fait que si toutes les existences ont un même prix -la mort– elles n'ont pas toutes la même valeur. La sienne, en l'occurrence, ne valait pas cher, et Frank ne savait que faire pour que cela change.

Marco avait toujours bravé les épreuves avec la calme assurance d'un vieux capitaine, tandis que l'embarcation de Frank prenait l'eau de toutes parts, menaçant de chavirer à chaque instant. Marco s'était depuis longtemps résigné au naufrage de son ami lorsqu'il décida de focaliser son énergie sur sa nouvelle ambition professionnelle : devenir juge… Frank ignorait s'il était parvenu à ses fins. Ne tenta non plus jamais de le savoir. Il s'était choisi sa propre route, celle qui mène de bar en bar, une route où la nuit est claire et les jours, sombres. Pas de meilleure solution pour s'enfoncer dans son propre abîme…

CHAPITRE HUIT

La nuit commençait à tomber et Frank regardait les trains passer sous sa fenêtre. Quelques individus, ses frères humains, marchaient en direction d'un but connu d'eux seuls. Plus tard, les étoiles apparaîtraient. Peut-être.

Frank aimait se masturber la tête levée vers l'inconnu. Il se sentait alors véritablement exister, devinant plus de vie dans le ciel illuminé que sur terre, parmi les hommes aliénés.

Un nouveau train passa, quasiment vide celui-là. Il s'enfonça dans la nuit comme dans un long tunnel, avec l'assurance de retrouver tôt ou tard la lumière. Aucune certitude de ce type n'habitait Frank. Son tunnel personnel lui paraissait interminable.

Longeant la voie ferrée, les voitures défilaient à un rythme régulier, pénétrant le cœur de la ville avant de s'en éloigner.

Frank éprouva alors le désir fugace de reparaître au monde, de rejoindre les vivants. Mais l'heure était trop tardive, les murs de sa chambre l'entouraient déjà, l'emprisonnaient et ne le laisseraient plus partir…

Elle et lui. Ensemble. Le temps cesse soudain de s'écouler, plus rien n'existe en dehors d'elle, miracle permanent, la sensation que chaque seconde dure enfin toujours. Frank lui sourit, lui dit qu'il l'aime. Elle lui sourit à son tour. Ils s'embrassent.

Et puis, brusquement, l'image vole en éclat ; la fille s'écroule, mortellement blessée, noyée dans son sang.

La sonnerie du réveil. Stridente. Insupportable. Derrière le miroir, la vérité. Celle qui ne fait pas de prisonniers. Juste une longue suite de gueules de bois entrecoupée de ratages divers.

Comme à son habitude, Frank fixait le plafond de la pièce, crucifié sur son lit. Une sueur malsaine lui glaçait le dos. Il parvint difficilement à asseoir son corps frissonnant au bord du matelas. Exploit renouvelé chaque matin. Ferma finalement les yeux, en quête d'un peu de paix ou de quelque chose s'en approchant. En vain.

Sur le sol, les bouteilles, telles qu'il les avait laissées la veille ; certaines couchées, d'autres debout, mais toutes vides. La preuve irréfutable de sa défaite.

Le rêve semblait lointain, désormais, totalement irréel. Pire : irréalisable. Ne subsistait dans son esprit que le sempiternel sentiment de gâchis auquel, par bonheur, il ne prêtait plus attention. Il convient d'apprécier à leur juste valeur ces petites victoires sur la mort, qui faisaient la fierté de Frank. Bien entendu, ses viscères étaient celles d'un clochard mais, en apparence, il paraissait encore digne de confiance, voire même d'amour. Voilà qui était rassurant.

Frank cherchait à se persuader que son principal défaut était de ne pas avoir de chance. Cette fille qui hantait régulièrement ses rêves, il pensait pourtant la tenir dans ses bras. Son visage lui était familier. Sans doute une de celles qu'il n'avait pas su (voulu ?) retenir. Il ne se souvenait plus. Une seule femme, mais des milliers de visages…

Après tout, elle n'était qu'une de ces briques dont il se servait pour construire sa prison intérieure. Son enfer personnel.

CHAPITRE NEUF

Comme souvent, ça avait commencé dans un bar, cet autre monde, cette autre dimension. Frank buvait tranquillement sa bière à une des tables du fond lorsqu'il la vit entrer, puis s'asseoir à un des tabourets du comptoir. Entre deux gorgées, il posait sur elle un regard qu'elle feignait d'ignorer. Ses yeux étaient pâles et froids comme deux glaçons dans un verre de whisky. Il ne pouvait s'expliquer pourquoi elle lui plaisait autant ; des filles avec un semblable physique se trouvaient à tous les coins de rue ou presque. Mais ses yeux… A quoi bon se poser des questions ? Il constatait qu'il était seul, et elle aussi. Le reste ne comptait pas.

Quelques verres plus tard, il la rejoignit au comptoir, ce qui la laissa totalement indifférente. Ca débutait bien. Frank n'était certes pas un dragueur, mais échanger quelques idées, parfois, n'était pas pour lui déplaire. En fait, il aimait surtout faire parler les autres, car il ne supportait pas qu'on en sache trop sur lui.

De près, son visage paraissait plus fade, moins attirant, mais plus triste aussi. Ce n'était pas plus mal. Il retint uniquement qu'elle s'appelait Stéphanie et qu'elle était étudiante ; impossible d'écouter autrement que par intermittence son bavardage incessant. Pourtant, elle lui confia à un moment que personne sur cette putain de terre ne semblait partager ses rêves. Voilà un point sur lequel il était d'accord. Totalement d'accord.

Elle invita Frank à boire un verre dans son appartement, qui se trouvait à peine à une centaine de mètres. Ca ne pouvait mieux tomber, il avait soif. D'amour… D'alcool… Il sortit du bar derrière elle. Un beau cul, moulé dans un jean… Quel rapport avec l'amour ?

Elle vivait dans un studio avec pour seuls meubles un lit à deux places, une table basse encombrée de quelques livres et une armoire. Elle continua sans faiblir son monologue, abordant tous les sujets qui lui passaient par la tête, sans jamais en approfondir un seul. Frank acquiesçait de temps à autre afin de ne pas paraître indifférent mais son esprit était ailleurs, très loin de cette fille qui semblait ignorer le silence. Il espérait autre chose, une main qui glisse dans les cheveux, un ciel étoilé, une bande d'horizon en travers du regard, le soleil qui crépite au fond du cœur… L'existence, la plupart du temps, ressemblait à un mauvais film plein de longueurs, sans beaucoup d'action et peuplé de personnages vides et ternes. Interminable attente avant qu'un diamant, parfois, ne jaillisse de la pourriture.

Quelques jours plus tard, Frank songea à la revoir, parce qu'elle était finalement plus complexe et étrange qu'il ne l'avait d'abord supposé. La profondeur de son être demeurait opaque, il voulait découvrir quelle était sa véritable nature. Curiosité plus intense qu'un sentiment.

Il lui arrivait cependant parfois d'éprouver un certain malaise en sa présence. Il aimait jouer avec les femmes mais, dans ce cas précis, ce n'était pas lui qui distribuait les cartes. Elle le tenait. Chacun de ses gestes, de ses paroles, de ses regards pouvait le détruire. Tous deux en étaient conscients.

Frank repoussait de jour en jour la date de leur prochaine rencontre, préférant laisser flotter son esprit dans une brume ouatée tant protectrice que destructrice. Il ne pouvait concevoir qu'elle fut à ce point semblable à lui. Il l'aimait comme on peut se prendre de passion pour le danger. La mort étincelait dans son regard. Elle incarnait le maigre espoir qu'il lui restait de quitter le grand nulle part dont elle, Stéphanie, semblait avoir surgi… Etait-ce pour le sauver ou pour l'anéantir ? Après tout, les deux seuls antidotes connus à la souffrance se nommaient amour et mort, soit le début et la fin de toute vie.

Des images éclataient dans le cerveau de Frank, comme des éclairs de tempête foudroyante, des assauts de désir incontrôlé qui engourdissaient son âme. Il ne se sentait pas plus en vie qu'auparavant mais cela ne l'inquiétait plus, désormais. Elle lui appartenait, enfin, lui avait toujours appartenu… Destins de comètes qui s'embrasent puis disparaissent.

Folie qui brûle les entrailles, seringue d'héro plantée dans la carotide, feu noir coulant dans les veines. Tout explosait, en lui comme en dehors, dans un grand fracas de tôle froissée. Carambolage d'acier.

Pas moyen de décrocher les étoiles du putain de ciel, pourtant ça aurait fait joli au-dessus du buffet de la salle à manger. Ah ! Ah ! Ah !

Deux corbeaux aux ailes de rasoir volaient dans sa tête comme le deuil, un soir. Joli, ça…

A moins que ce ne fut un de ces faucons à gueule de singe qui lui suçait le cerveau à l'aide d'une paille, convaincu de devenir ainsi son ami…

Tout cela commençait sérieusement à amuser Frank. Il s'était injecté l'ultime dose avant de retirer pour toujours la seringue de son bras pour enfin s'abandonner à sa réalité propre. Une lumière rouge flamboyait dans le ciel, sans origine et sans destination. Soudé à l'horizon, il rejoignait Stéphanie au cœur du tourbillon.

Elle suintait la puanteur de la vie par tous les pores de la peau, bien que la mort ait pris possession d'elle. Ils s'observaient, se frôlaient, se défiaient tels deux fauves prisonniers de la même cage. La peur guidait leurs étreintes vers une issue dont ils ne savaient rien encore.

« Dans un mirage couleur de sang, Dieu nous tue de son fusil d'argent.» Le cerveau de Frank se liquéfiait, il ne voyait, n'entendait, ne pensait plus. Enfin, le ciel se déchira et la réalité reprit inéluctablement ses droits. Il ne songeait déjà plus à mesurer le chemin parcouru.

Un de ses amis était mort, un soir de pluie, yeux révulsés par came mal coupée. Deux ans auparavant, lors de leur dernière rencontre, il paraissait presque heureux, mais qui croyait-il tromper avec son pauvre sourire de condamné ? Lutter… puis s'écrouler. Rares sont les gagnants au grand jeu de la société.

Dehors, la nuit et ses rues désertes, ses sacs poubelles sous les lampadaires endormis. Frank avançait face à la lune, guidé par ses pas et par tout ce qui n'existait pas. De loin en loin, un peu de vie : une bagnole à fond de cinquième profitant du sommeil sans rêve des flics, un ivrogne planté sur un banc comme un poteau dans l'inconnu, statue dérisoire d'un présent éphémère, une fille même pas belle rentrant chez elle en courant. Faut pas avoir peur de se faire violer, mademoiselle, les violeurs aussi ont une âme…

La fraîcheur de la nuit incita Frank à se demander pourquoi il était sorti. Il aurait souhaiter être ailleurs, et surtout être un autre, pour ne jamais avoir rencontré Stéphanie. Elle le rendait fou à s'en taper la tête contre les murs, annihilait en lui toute volonté. Paraît qu'elles nous font toutes ça.

Il s'était rendu devant la porte d'entrée de son immeuble sans même s'en apercevoir. Il tentait du moins de s'en convaincre. Ne pas oublier qu'elle jonglait avec ses illusions comme avec des œufs pourris. Il rebroussa chemin.

Dans la solitude retrouvée de ses quatre murs, Frank pensait maintenant à Caro, morte depuis six mois, un peu par sa faute. Dans la ronde infernale qu'était devenue sa vie, un fantôme chassait l'autre.

Le scénario se modifiait, se réécrivait au fil des jours. Il l'imaginait, rampant sur le sol comme une limace dans l'espoir d'atteindre sa dose, sans la trouver, bien sûr, puisqu'il avait tout balancé dans les chiottes… Il fallait que ça cesse, marre de la regarder se détruire, et maintenant, c'était fini, oui, mais pas tout à fait, puisqu'elle continuait à vivre dans son esprit, continuait de se défoncer, encore et encore, peut-être même plus qu'avant, il était incapable de se souvenir d'autre chose. Il la voyait saisir son sac à main, le fouiller, de plus en plus angoissée, terrifiée même, parce qu'il était vide. Elle tremblait, le corps tout entier animé par le manque, la transe de mort, la bouche ouverte sur un cri muet, la peur de la souffrance, bien pire que la souffrance elle-même, dans le regard. Caro, tuée par la trouille, aucun doute à ce sujet. Merde.

Et pourtant, Frank ne voulait pas se défaire de cette petite musique sourde vissée dans sa tête, car l'oubli est pire que la mort. Il décida de ne jamais revoir Stéphanie. Son défaut principal était de préférer les morts aux vivants…

CHAPITRE DIX

Derrière les néons de la ville se cachaient les étoiles. Frank arpentait le sol insalubre en noctambule égaré au sein d'une foule qui l'ignorait et dont il percevait à peine la présence.

La rue exhalait des odeurs fétides de viandes chaudes et de corps en sueur. Frank pensait à elle, la sentait proche, intime comme autrefois, alors que seul le néant l'accompagnait. Souvenir semblable à un pulsar, une étoile morte perdue dans un grand trou noir.

Les humains se préparaient à une nouvelle soirée de fête à la gloire des unions éphémères et solitaires. Un gouffre insondable les séparait de Frank. Tenter de construire une passerelle relevait de la folie ou de l'ambition démesurée. Il essayait malgré tout, soir après soir, de combler l'espace, convaincu de devoir consacrer à cette tâche sa vie entière. Sisyphe des temps modernes et travailleur de l'impossible…

Les égouts débordaient, les pieds de Frank se mouillaient de cette eau souillée, sans vie. Pour les putes qui tapinaient, c'était l'heure d'affluence, celle où les cadres à cravates et mallettes noires venaient cracher leur trop-plein de sperme, de dégoût et de frustration à la gueule de femmes aussi mortes qu'eux.

Dans ce désert des sentiments, Frank guettait vainement et inlassablement l'ange, comme s'il ne méritait pas de le rencon-

trer. Peut-être d'ailleurs avait-il croisé son chemin sans le reconnaître, les contours de son souvenir devenaient chaque jour plus imprécis…

L'amour est semblable au sang : il coule, tâche les âmes, les cœurs et les corps. Une étreinte féroce et passionnée unit parfois les êtres, jusqu'à ce que dans leurs veines éclatent des cancers de joie malsaine.

Frank attendait depuis si longtemps… L'usine de la peur fonctionnait à plein régime, les machines sur le point d'exploser en une gerbe de boulons fumants. Comme si son cadavre reposait d'ores et déjà dans la terre, un sourire amer figé sur les lèvres décomposées.

Sur les parkings déserts, à l'heure moite où l'aube s'habille de fraîcheur, Frank inventait sa douleur. Le sol s'ouvrait sous ses pieds, son regard s'étonnait devant le spectacle de l'ange, puis sa vue se brouillait et le mirage se dissipait. L'errance pouvait alors reprendre. Nuit après nuit, il avançait sous les néons de la cité interdite, porté par sa solitude et décidé, enfin, à émerger des bas-fonds où il avait élu domicile.

L'ivresse au cœur et l'âme noyée, brûlée par les trottoirs vacillants de l'enfer urbain, Frank rentrait s'allonger dans son linceul, décidé à fermer les yeux sur le monde endormi. Meurtri de ne pas y avoir trouvé sa place mais fier d'en combattre les détestables émanations.

Cette femme existait-elle réellement, quelque part ? Au-delà de l'espace et du temps, ailleurs que dans les rêves ou bien dans le néant, nécessairement ?

Elle était pourtant si présente par moments que Frank pouvait la sentir et l'effleurer lorsque les paupières demeuraient closes, jusqu'à l'évanouissement du songe. Envie alors de crier devant les barreaux de la réalité ; non pas s'apitoyer sur soi-même mais hurler, les bras tendus vers le ciel, afin d'envoyer un message à Dieu.

Frank aimait se persuader que l'ange redescendrait de son nuage, silencieux comme la mort et blanc comme cet enfer qu'il s'était construit lui-même. C'était cela, vivre : perdre pour retrouver, perdre pour gagner, jusqu'à ce que victoire et défaite se figent en une unique plainte.

Jour après jour, Frank repartait vers l'inconnu, comme étranger à sa destinée, imperméable à ses échecs ; il refrappait aux mêmes portes, franchissait de nouveau les mêmes obstacles dans l'espoir d'un sort meilleur. Il soupirait aussi en attendant la nuit, la grande rédemptrice, et l'alcool, conscient que lorsque les murs s'effondraient, le songe de l'ange réapparaissait…

CHAPITRE ONZE

Frank aimait songer au passé. Ce passé était sa vie, et cette vie était l'unique chose qui lui appartenait. Durant des heures, il battait le rappel des jours anciens même si, immanquablement, les souvenirs devenaient au fil du temps de plus en plus noirs et douloureux.

Il vécut à une époque dans une petite ville, au cœur d'un monde où la pauvreté était si honteuse qu'on ne savait plus comment la cacher. Misère marquée au fer rouge sur les visages, larmes ne coulant pas uniquement parce que l'orgueil ordonne, en dépit de tout, de les retenir.

C'était une petite ville, loin de tout mais loin de la vie, surtout. Grisaille dans les âmes, sur la terre comme au ciel. Amen. Parmi les immeubles délabrés serpentaient des chemins parsemés de trous et de flaques d'eau boueuse. Au-delà, des voies de chemin de fer rouillées aboutissaient à un territoire plus sinistre encore où s'élevaient quelques restes d'usines dévorés par les broussailles.

Quand Frank se promenait dans cette annexe de l'enfer, il s'attendait à tout moment à découvrir un cadavre au milieu des détritus divers qui jonchaient le sol, comme le symbole de l'amère sensation qui l'habitait, celle d'être déjà parvenu au bout du voyage alors que son existence débutait à peine.

Le long de la route principale, des arbres squelettiques souffraient de la violence d'un vent continuel. A l'entrée de la ville, des lampadaires à bout de forces dispensaient une lumière trop faible pour percer la nuit.

Cette région dévastée par la guerre n'existait plus que pour ses habitants, trop pauvres pour la quitter et qui espéraient juste, un jour, avoir les moyens de s'offrir une sépulture décente. Existences nues, dépouillées, émanations d'une vie portant mal son nom, à la frontière du néant.

Il était presque minuit et Frank n'avait plus rien à perdre, c'était désormais une certitude. Mort à lui-même et mort aux autres, d'avoir trop vécu, trop combattu et surtout trop perdu. Définitivement vaincu, sans force et inapte à la rédemption, comme tous les types de son espèce.

Il sentait que la vie l'abandonnait chaque jour un peu plus, une vie aussi vide que sa bouteille, avec juste un peu de mousse au fond…

En compagnie de Marco, Frank avait appris à boxer dans cette petite ville. A l'âge de vingt ans, il était devenu un de ceux qui tutoient Dieu après chaque victoire, avant de sombrer à la première défaite, cet avant-goût de l'enfer. Dommage. Il était fier d'exceller dans la pratique de la boxe, la seule activité où Marco ne lui arrivait pas à la cheville.

Mais maintenant, à trente-trois ans, son visage était marqué par les coups reçus, les épreuves et le temps qui passe. Un beau visage d'homme meurtri, plein de cette sagesse qui ne s'apprend pas dans les livres.

Frank n'avait rien oublié : le crochet manqué, la main brisée et, malgré la douleur, le combat qui continue ; la blessure à l'arcade qui s'aggrave à chaque round, le nez qui cède à son tour et le sang, son sang, qui macule le sol sous l'œil indifférent de l'arbitre. Enfin, la chute, suivie du trou noir. Les hurlements de la foule surexcitée qui s'atténuent, murmure lointain perdu dans la douleur, des visages, inquiets ou simplement curieux, qui se penchent sur lui. Puis plus rien. Plus rien d'autre qu'un long silence bercé de visions de mort.

Depuis ce jour, la vie de Frank semblait s'être interrompue. Femme et soi-disant amis l'avaient quitté, l'abandonnant à sa prostration. Mais pas Marco. Sans doute son seul véritable ami, celui dont chaque parole réconforte parce que les mots sont vrais et sincères.

Ne demeuraient en lui que les souvenirs, faits d'un peu de joie et de beaucoup d'amertume, et les cicatrices... Depuis l'enfance, une certitude s'était ancrée dans son esprit, à savoir que les mauvaises cartes tombent toujours dans les mêmes mains, celles des miséreux qui se débattent dans la merde pour essayer d'en sortir mais qui ne parviennent, au bout du compte, qu'à s'y enliser plus profondément encore. Ceux-là mêmes qui vivent seulement par habitude, sans chercher de sens à leur vie, parce qu'ils ont compris d'instinct qu'il ne peut pas y en avoir.

Tom, un ami de Frank, était mort suite à une sortie comateuse d'entre les cordes, foudroyé au second round par un sans-grade. Tom servait de punching-ball humain à de jeunes espoirs plus talentueux que lui. Frank avait combattu contre lui et c'est à cette occasion qu'ils avaient sympathisé. Il lui avait expliqué comment il se laissait massacrer contre une poignée de billets pour permettre à de futurs champions de se forger une ébauche de palmarès afin de faire monter leur cote. La boxe est un putain de business…

Muni de faux certificats médicaux attestant d'une santé physique qu'un simple regard suffisait à démentir, Tom cherchait dans les salles l'argent pour survivre, puisqu'il ne savait faire que cela. Jusqu'au jour où un caillot de sang, fruit des milliers de coups reçus, obstrua son cerveau. Il ne restait alors plus qu'à l'achever et accomplir ainsi son destin de bête promise à l'abattoir.

Tom n'était cependant pas mort pour tout le monde. Lors de ses nuits d'insomnie, Frank aimait observer les lumières de la ville par la fenêtre de sa chambre. La bouteille de whisky était alors d'une aide précieuse dans le combat(encore un) qui l'opposait aux spectres de sa vie passée. Le visage de Tom apparaissait parfois, la bouche ouverte sur un cri que lui seul pouvait entendre.

Frank buvait jusqu'à ce que l'image se brouille puis s'évanouisse mais l'angoisse le broyait de l'intérieur et une sueur glaciale coulait sans fin dans son dos.

Lors de ses débuts dans la boxe, le mental constituait sa force et il ne craignait personne. A chaque combat victorieux, il savait qu'il se rapprochait un peu plus du soleil de la renommée mais il ne se doutait pas qu'il ne serait qu'un nouvel Icare. Toute force morale et toute dignité l'avaient désormais abandonné, il vivait au milieu des ordures et des canettes de bière. Le miroir crasseux ne lui renvoyait plus l'image d'un guerrier orgueilleux mais celle d'un déchet à peine humain, une outre gonflée d'alcool bon marché. Ses cheveux hirsutes semblaient n'avoir jamais été peignés, une barbe salement inégale mangeait son visage et ses yeux, où brillait autrefois la lueur de fierté propre aux champions, ne reflétaient plus qu'une immense lassitude.

Après sa défaite, on ne proposa à Frank que des combats truqués, bien payés mais au terme desquels il devait perdre. Perdre. Ce mot qu'il détestait par-dessus tout et qui était devenu sa réalité quotidienne. Presque sa seconde nature...

Il existait cependant une solution pour quitter dignement la scène, une solution qui dormait pour l'heure dans un tiroir et qui avait pour joli nom»P38».

Ne jamais négliger l'éventualité de la mort lorsque celle-ci nous tend les bras. Un flirt avec l'éternité ne se refuse pas.

Frank vérifia que l'arme était chargée, puis éteignit la lumière et s'allongea sur le lit. Il ignorait s'il aurait encore pendant longtemps la force de s'accrocher à une vie qui ne voulait plus de lui.

CHAPITRE DOUZE

Le temps était peut-être venu d'en finir pour de bon, de mettre un terme à la mauvaise plaisanterie que constituait la vie, sa putain de vie à laquelle il n'était jamais parvenu à donner un sens. Quitter la scène, laisser la place à d'autres, priver les hommes de sa présence, bien qu'il fut davantage un absent, un disparu, qu'un acteur du grand spectacle donné par le monde.

En dépit de son jeune âge, Frank éprouvait le sentiment d'avoir déjà exploré toutes les voies, ainsi que de s'être fourvoyé dans de multiples impasses. En définitive, il n'accordait qu'une valeur toute relative à la vie humaine et considérait que seuls les imbéciles pouvaient se laisser subjuguer par son hypothétique grandeur. Pourtant, tous les hommes cèdent, à un moment ou à un autre de leur existence, à la tentation de l'espérance, alors que se joue quotidiennement, sous leurs yeux, cette sempiternelle et banale tragi-comédie.

Frank ne parvenait pas à concevoir que quelque chose de réellement nouveau puisse survenir dans sa vie, ni dans celle de l'humanité toute entière. Et c'est bien ce qui le désolait. Les leurres étaient aussi nombreux qu'efficaces.

L'argent ? Le ciment dont les hommes usent pour façonner des cathédrales de sable à la mesure de leur ego.

Le bonheur ? Il s'écrit toujours en minuscule, jamais en lettres de feu.

L'amour ? Il s'use, comme le reste, même si l'on ne s'en sert pas ; s'appauvrit et se dessèche dans les rencontres sans lendemain ou dans les relations qui déchantent, jusqu'à ce que ne subsiste plus qu'une amertume diffuse, un arrière-goût de pourriture dans la bouche et le cœur. Comme une odeur de paradis en feu.

Difficile, dès lors, de s'évader de la triste monotonie des jours qui passent.

Les utopies politiques ? Rien de plus qu'un jeu virtuel par le biais duquel une poignée d'êtres plus ou moins généreux tentent de se soustraire au poids écrasant de la réalité.

L'alcool et les drogues ? Un aveu d'impuissance, une course vers nulle part, si ce n'est vers le néant de la tombe, une errance dans un labyrinthe clos.

L'art ? Peut-être le seul à procurer une joie ineffable, mais sa totale inadéquation au réel le rend plus tragique encore que la vie elle-même.

Alors ? Vivre ou bien mourir ? Vivre, malgré tout, parce que la mort n'est pas un choix et parce que l'ironie qui préside au destin de ce monde peut faire naître un ultime éclat de rire, avant que le silence ne nous rattrape définitivement.

CHAPITRE TREIZE

Un soir, semblable à tant d'autres depuis toutes ces années, tout bascula alors qu'il ne s'y attendait plus, lorsque le téléphone sonna.

La voix de Max au bout du fil. Un de ses anciens»amis», qui profitait de son fric à l'époque où il en avait. L'entendre ne faisait pas spécialement plaisir à Frank.

– Ca fait combien de temps, Max ?

Max était un grand costaud à qui il ne fallait pas trop demander de réfléchir, mais il possédait un certain humour et Frank appréciait sa compagnie lors des beuveries qu'il organisait autrefois à son domicile.

– Je ne comprends pas ce que tu veux dire…

– Combien d'années que je ne suis plus rien ? Et combien d'années que l'on ne s'est pas vu ? Le même nombre, je suppose. Quelle drôle de coïncidence !

– C'est logique que tu m'en veuilles, Frank, mais tout n'a pas été rose pour moi non plus. Vince et moi, on s'est retrouvés en taule à cause d'un braquage qui a mal tourné. Je suppose que tu l'ignorais.

– En effet !

– Peu importe. Je ne te téléphone pas pour parler du bon vieux temps. Le braquage a foiré parce qu'on n'était pas assez nombreux. On veut retenter le coup et on a pensé à toi.

– C'est un honneur, Max. Tu sais pourtant que j'ai toujours refusé de tremper dans tes combines foireuses.

– Arrête ton cinéma, tout le monde sait ce que tu es devenu. T'es fini ! Que te reste-t'il à perdre ?

Frank ne trouva rien à répliquer. Max avait entièrement raison mais un reste d'orgueil l'empêcha de l'admettre.

– Je te donnerai ma réponse dans quelques jours. J'ai besoin de réfléchir.

– D'accord. On n'attend plus que toi. Tu sais que tu n'as pas le choix...

Pas le choix. Ces paroles résonnaient comme une sentence dans la tête de Frank. Il tentait de se persuader du contraire mais il n'était pas assez stupide pour se voiler la face : il n'avait plus rien à perdre, à part la vie. Et même sa vie ne valait pas cher...

Trop de journées passées à compter les fissures du plafond. Depuis des années, la sensation de tomber du haut d'un arbre et, chaque fois qu'il essayait de s'accrocher à une branche, celle-ci cédait sous son poids sans même ralentir sa chute.

Le destin se manifestait par cet appel, pas de doute possible. Plus rien à perdre... Les mots tournoyaient dans l'esprit de Frank, emplis de sens et synonymes de liberté totale et définitive.

Une sorte de joie malsaine s'empara de lui. Pour vivre autrement, il lui aurait fallu être autre. Max avait raison : il n'avait plus le choix, désormais. La roue avait tourné, une fois de plus, et elle indiquait maintenant un chemin qu'il allait devoir suivre jusqu'au bout. Jusqu'au sacrifice.

SECONDE PARTIE

« Celui qui ne fut pas trouvé écrit dans le livre de vie fut jeté dans l'étang de feu. »

APOCALYPSE DE SAINT-JEAN, XX : 15

CHAPITRE QUATORZE

Le moteur de la vieille Alfa Roméo hurlait, l'aiguille du compteur bloquée sur 160. Frank roulait à tombeaux ouverts sur une petite route départementale qu'il ne connaissait pas.

A ses côtés, une fille dont il ignorait tout, jusqu'au nom, jeune et désirable avec cette lueur dans le regard qui n'était pas de la peur.

Frank suivait la ligne blanche sans se poser de questions puisque l'heure était à l'action, désormais. Il avait prévu de ne s'arrêter que lorsque l'essence commencerait à faire défaut, afin de mettre un maximum de kilomètres entre lui et eux. Les flics.

C'était une belle soirée d'été, le soleil se couchait mais il faisait encore très chaud. Frank savait qu'il devait attendre quelques jours avant de savourer la réussite du braquage. La fille qui l'accompagnait était une employée de banque taciturne. Mais si elle n'avait pas encore prononcé le moindre mot depuis la prise d'otages, sa beauté, au contraire, était très loquace.

L'aiguille du compteur atteignait maintenant 170 au bout d'une ligne droite. Doucement, Frank. Tu as déjà pris beaucoup de risques dans la journée et tu n'as pas fait tout ça pour te foutre en l'air sur une route de campagne comme un vulgaire poivrot du samedi soir ! Inutile de fâcher la sécurité routière en ajoutant deux morts à la liste, surtout que le paysage est splendide, il suffit de le regarder avec les yeux adéquats. Comme la vie.

Frank ignorait quelle somme d'argent avait rapporté le braquage mais il était certain, par contre, que le partage serait désormais simple à effectuer, puisque Vince et Max ne risquaient pas de réclamer leurs parts.

Frank était riche mais cela ne le rendait pas vraiment heureux, il aurait préféré que ses complices soient encore en vie. Le casse avait tourné à la catastrophe et il se retrouvait maintenant dans une belle galère. Il n'aurait jamais pensé commettre un jour un braquage. Lui que la vie ennuyait à mourir, qui désirait ressentir le grand frisson de l'aventure, l'adrénaline qui s'insinue dans le corps et l'esprit, il était servi...

En quelque sorte, Vince et Max avaient souhaité prendre une revanche en s'attaquant de nouveau à la même petite agence bancaire. Stupide orgueil qu'ils avaient payé de leurs vies. Rien d'étonnant, cependant : le vice du jeu les habitait et la perspective d'un quitte ou double ne pouvait manquer de les séduire. Le premier braquage avait échoué parce qu'ils avaient été contraints de prendre la fuite à pied, faute d'un troisième larron pour conduire une voiture. Ridicule. Un tel comportement de dilettante avait été logiquement sanctionné de cinq ans de prison ferme.

Frank avait la certitude qu'à trois, le coup était jouable, c'est pour cette raison qu'il avait accepté, mais il ne voulait pas être le conducteur de la voiture. Il avait toujours détesté les seconds rôles.

Selon les informations dont disposaient ses deux complices, quelques centaines de milliers de francs se trouvaient dans la chambre forte. Suffisant pour repartir d'un bon pied.

Cette fois-ci, rien n'avait été laissé au hasard puisque chaque détail avait son importance. La moindre erreur équivalait à un séjour plus ou moins prolongé derrière les barreaux. Voilà qui donnait du cœur à l'ouvrage, ainsi que le goût du travail bien fait...

Vince s'était procuré des calibres 38, semblables à ceux utilisés par la police, ainsi qu'une vieille Alfa 75 6 cylindres achetée sous un faux nom. Putain de moteur, mais finition déplorable...

Après le braquage, ils avaient convenu de vider quelques bouteilles de champagne dans une boîte de nuit de la région avant de se disperser et de faire le mort. Un bon plan qui, hélas, n'avait pas fonctionné, puisque Frank se retrouvait seul, en compagnie d'un charmant otage dont il ne savait que faire.

Max et Frank avaient pénétré dans la banque tandis que Vince attendait dans la voiture. Les employés n'avaient pas des âmes de héros, mais ce n'était pas une surprise, on ne voit ça que dans les films. Frank les tenait en respect avec son arme, de même que les quelques clients, pendant que Max vidait les caisses. Tout se passait si bien que Frank se permettait même de regarder avec insistance une employée du guichet, celle-là même qui occupait maintenant le siège passager de l'Alfa rugissante. Tous deux étaient désormais liés par quelque chose de plus fort que l'amour : le crime.

Cependant, puisqu'il est entendu que le hasard et l'imprévu règnent en maîtres sur le monde, une voiture de patrouille de l'administration policière passa devant la banque. Malgré les rumeurs persistantes sur les faibles capacités intellectuelles des représentants de l'ordre, il ne leur fallut pas longtemps pour comprendre ce qui s'y passait. Il se garèrent un peu plus loin afin d'appeler en toute sécurité des renforts. Eux non plus n'étaient pas des héros, juste de petits fonctionnaires payés moins d'une brique par mois et qui pensaient que ce n'était pas suffisant pour risquer sa vie.

Frank avait compris le manège et donna l'alerte.

– On s'arrache, Max ! Les poulets sont là !

– Attends un peu, il reste plein de thunes à prendre.

– T'es sourd ou quoi ? Tu tiens à retourner en taule ?

– Calmes-toi ! Dans deux minutes, on sera loin. Et ne me parles plus de prison, je n'y retournerai JAMAIS !

– Fais ce que tu veux, moi, je me casse.

Un coup de feu retentit à cet instant précis. Tous les regards se dirigèrent vers la rue où un homme, étendu sur le trottoir, baignait dans son sang. C'était Vince.

Peu de temps après, une voix parla dans un mégaphone : «Jetez vos armes et sortez les mains sur la tête. Inutile de résister !»

A l'intérieur, les otages poussaient des soupirs de soulagement.

– Putain, Max, on est piégés comme des rats ! Comment on va faire pour s'en tirer ?

– T'inquiètes pas, mec, on a des armes et des otages. On va se battre !

– Cinglé…

– Chacun son otage et on monte dans l'Alfa, O.K.?

Frank n'avait rien de mieux à proposer et lui non plus n'était pas pressé de dormir dans une geôle. Il choisit la fille qui lui plaisait tandis que Max empoigna le premier homme venu. Cette erreur lui fut fatale.

Max sortit le premier, le revolver pointé en direction de la tempe du type, en gueulant de toutes ses forces : « Laissez-nous partir ou on les flingue !»

En entendant ces mots, la fille s'agita et tenta, sans succès, de se libérer de l'étreinte de Frank. L'homme, lui, était âgé d'une quarantaine d'années et avait l'air plutôt costaud. Il parvint à se jeter à terre. Plusieurs coups de feu retentirent et Max s'écroula sans avoir pu riposter.

Les flics paraissaient heureux, c'était un cas de légitime défense d'autrui. La bavure était évitée et la lettre de félicitations ne tarderait pas à être envoyée. Peut-être était-ce pour cette raison qu'ils ne cherchèrent pas à empêcher Frank de prendre la fuite avec son otage. Un objectif atteint à 50%, ce n'était déjà pas si mal… Ils laissèrent l'Alfa s'éloigner en espérant sans doute l'arrêter un peu plus loin, puisque des barrages avaient été mis en place sur les grands axes routiers de la région. Bien évidemment, Frank s'en doutait et c'était la raison pour laquelle il n'empruntait que des départementales pour s'enfuir.

Il éprouvait une certaine fierté teintée de stupidité à avoir toute la police du coin à ses trousses. L'Alfa, indifférente, traçait sa route en direction du soleil couchant. Frank priait pour que son avenir soit aussi rose que le ciel à cet instant.

Vince et Max étaient morts. Une inconnue aussi belle que taciturne l'accompagnait. De nouveau, il était seul.

CHAPITRE QUINZE

La fille demeurait silencieuse et semblait insensible à la gravité de la situation, comme perdue dans l'horizon embrasé. Elle n'était apparemment pas de ces otages vociférants et en proie à la panique la plus totale que l'on voit sur les écrans de télévision. Frank se réjouissait que la vie ne soit pas un film : toutes ces années de solitude l'avaient habitué à un certain calme et c'était surtout par curiosité qu'il se résolut à rompre un silence qui ne lui paraissait absolument pas pesant.

– Comment tu t'appelles ?

La fille continuait de regarder le paysage par la fenêtre latérale, comme si elle n'avait pas entendu la question.

– Je ne t'oblige pas à me répondre, mais comme on va sans doute passer un peu de temps ensemble, autant faire les présentations maintenant, tu ne crois pas ?

Elle tourna brusquement la tête pour fusiller Frank du regard. C'était la première fois qu'elle posait réellement les yeux sur lui.

– Parce que vous espérez me garder avec vous ? Je croyais qu'on libérait les otages lorsqu'ils ne servaient plus à rien, or les barrages de police sont loin derrière nous. Je deviens même plutôt encombrante, non ? J'avoue que je ne comprend pas très bien votre raisonnement… A moins que vous n'ayez l'intention de me violer ?

Elle avait prononcé cette dernière phrase sans la moindre crainte dans la voix ni dans le regard. Elle semblait habitée par une confiance inébranlable, ce qui n'était absolument pas le cas de Frank à cet instant. Il savait qu'elle avait raison, qu'il n'avait aucun motif valable de l'emmener avec lui et qu'il aurait d'ailleurs du l'abandonner en rase campagne depuis de nombreux kilomètres.

Il n'envisageait cependant pas de se séparer d'elle pour l'instant, même si les motivations de cette décision restaient confuses dans son esprit.

– Rassure-toi, je ne vais pas te violer. Je veux juste connaître ton prénom.

– Je m'appelle Natassia.

– Moi, c'est Frank. Tu peux me tutoyer.

– Je n'en voyais pas l'utilité, mais puisqu'il paraît qu'on ne va plus se quitter…

Où allons-nous, Frank ?

– A l'hôtel.

Une ombre légère, aussi étrange que son prénom, voilà son regard un bref instant. Frank se demanda s'il n'était pas en train de faire une grosse connerie. Une de plus… Mais elle connaissait son visage, elle était la seule à l'avoir vu sans sa cagoule. Sans son témoignage, les flics auraient des difficultés à établir un portrait-robot. Il était évident que ce braquage ne s'oublierait pas de sitôt : vol à main armée avec prise d'otages, c'était le gros lot assuré à la loterie judiciaire. Chaque chose a son prix.

Frank décida de compter l'argent dès son arrivée dans la chambre d'hôtel afin de se rassurer et de savoir si les risques pris avaient été payés en retour. Il devait également se débarrasser de l'Alfa, dont la plaque minéralogique devait désormais être connue de tous les flics de France.

Pour se faire, il entreprit de simuler une panne, capot grand ouvert sur le bord de la route, dans le but de déposséder de son tas de ferraille le premier paysan venu. Son vœu ne tarda pas à être exaucé puisque quelques minutes plus tard, une CX premier modèle s'arrêta à proximité de l'Alfa.

Frank informa Natassia sur le fait qu'il était armé et qu'au premier faux pas de sa part, il n'hésiterait pas à la tuer. Elle acquiesça de la tête, un petit sourire aux lèvres. Elle devinait qu'il bluffait et la situation semblait beaucoup l'amuser.

Un homme d'une soixantaine d'années à l'air jovial et débonnaire descendit de la CX et se dirigea vers eux. De taille moyenne, ventripotent, il avait le teint rouge de ceux qui boivent du mauvais vin en quantité respectable. Frank se détendit. Qu'avait-il à redouter de ce genre d'individus ?

– Vous avez un problème, monsieur ?

– En effet ! Ma voiture a perdu de la vitesse, puis s'est arrêtée alors que le réservoir est plein. Je ne comprend vraiment pas.

– C'est peut-être une panne d'alternateur. Laissez-moi jeter un coup d'œil…

Trop beau pour être vrai. Le vieux se jetait tout seul dans la gueule du loup. Frank abattit violemment le capot sur sa tête, un bruit mat se fit entendre et le corps inerte tomba lourdement dans la poussière. Ne restait plus qu'à ne pas oublier le sac de billets et à continuer la route.

Frank était content de lui, son plan avait fonctionné à merveille, pour une fois. Il était également fier de son otage, qui n'avait pas essayé de profiter de la situation pour s'enfuir. Pour quelle raison ne l'avait-elle pas fait, d'ailleurs ? Trop fatigué pour se poser des questions…

Par chance, la CX était équipée d'un autoradio de bas de gamme. Frank avait toujours sur lui quelques cassettes de Joy Division et Killing Joke, la musique l'aidait à tenir le coup en toutes circonstances.

Love like blood, Love will tear us apart… Toujours l'amour… Frank ne parvenait pas à détacher son regard de Natassia. Les derniers feux du soleil se reflétaient dans ses cheveux. Peut-être que c'était con, mais il trouva ça beau…

CHAPITRE SEIZE

Frank connaissait un petit hôtel isolé situé à près de deux-cent kilomètres du lieu de braquage. L'idéal. C'était à cet endroit qu'il avait prévu de se rendre avec sa part de l'argent, tandis que Vince et Max devaient se cacher dans des endroits similaires mais éloignés les uns des autres. Il avait pensé à tout, sauf à l'imprévisible qui, en l'occurrence, se prénommait Natassia.

L'hôtel se situait à l'écart de toute ville d'importance. Quelques jours auparavant, Frank avait réservé une chambre simple sous un faux nom. Il avait décidé de faire passer Natassia pour sa femme, ce qui impliquait un léger changement de stratégie.

Frank gara la CX sur le parking. Sa montre indiquait vingt et une heures, il accusait un léger retard sur l'horaire qu'il s'était fixé mais cela ne revêtait que peu d'importance.

– Je vais t'expliquer ton rôle. Nous sommes sensés être mariés depuis peu et il n'était pas prévu que tu m'accompagnes.

– D'accord, chef.

– Garde ton ironie pour plus tard ! Tu es intelligente, ça se voit. Tu sais où se trouve ton intérêt. Si je n'ai pas à me plaindre de ton comportement, je saurai te récompenser.

– Merci, monsieur Mesrine.

– Tu es décidément très drôle… La dernière fois que je suis venu ici, je me faisais passer pour un écrivain en mal d'inspiration. Si on te pose des questions, tu n'auras qu'à répondre ça. Ca justifiera le fait que je quitte rarement ma chambre et que je ne connaisse pas la durée exacte de notre séjour. Pas d'objection ?

– Aucune.

– Alors, on peut y aller.

Frank saisit Natassia par le bras alors qu'elle s'apprêtait à descendre de la voiture. Il lui fit sentir la présence du 38 dans sa poche et vit à son regard qu'elle avait compris le message. Il prit alors le sac contenant les billets puis se dirigea lentement vers la porte d'entrée, suivi par celle qui était devenue sa femme…

Bizarrement, le réceptionniste sembla le reconnaître aussitôt.

– Vous êtes déjà venu dans cet établissement, monsieur ?

– En effet, mais cela remonte à plusieurs années… Serait-il possible d'échanger la chambre simple que j'ai réservé contre une chambre double ? Ma femme m'accompagne, en fin de compte.

– Bien entendu, monsieur. Vous savez que le client est roi…

Abstiens-toi de faire de l'esprit, connard. Frank se doutait qu'il n'avait rien cru de son explication. Tant mieux. Ca l'arrangeait d'ailleurs qu'on voit en lui un époux adultérin plutôt qu'un criminel en cavale.

La chambre se situait au troisième étage, ce qui mit Natassia de mauvaise humeur.

– Pourquoi n'avons-nous pas emprunté l'ascenseur ? Les escaliers étaient un peu raides.

– Je n'ai pas confiance en ces engins de malheur et, de plus, je suis claustrophobe.

– Décidément, c'est mon jour de chance… Tu es déjà venu dans cet hôtel ?

Quelques fois, et toujours sous un faux nom, même si rien ne le justifiait alors. Je me faisais passer pour un écrivain alors que je n'avais publié que deux ou trois nouvelles. Je crois que j'ai toujours voulu être un autre, sans doute parce que j'avais honte de ce que j'étais : un chômeur alcoolique, taciturne, dépressif et solitaire…

– Rien que ça ?

L'autodescription de Frank déclencha chez Natassia un rire qui interrompit la conversation. Pourquoi ce besoin de se confier à une inconnue ?

La pièce était décorée à l'ancienne, dans le style tape-à-l'œil qu'affectionnent les personnes qui veulent paraître riches sans en avoir les moyens. Le papier peint, de plus, représentait de gros motifs à peine identifiables et d'un mauvais goût très sûr qui déplaisait fortement à Natassia.

– Qu'est-ce que c'est laid, ici ! Tu aurais pu trouver un hôtel moins miteux.

– C'est vrai que c'est kitsch mais ça ne me dérange pas.

– Tu as bien de la chance, parce que je ne me vois pas rester longtemps dans cette chambre.

– N'oublie pas que je suis le seul à décider…

Frank et Natassia étaient assis l'un en face de l'autre, l'un sur le rebord de la fenêtre et l'autre sur la seule chaise de la pièce. Il ne pouvait s'empêcher de la regarder et elle en était consciente mais elle lui parlait avec la même insouciance que si elle se trouvait en compagnie d'un vieil ami. Elle était vêtue d'un petit tailleur, de chaussures à talons et d'un chemisier blanc. Très classique, très classe, comme il sied à une employée de banque. Son visage, quant à lui, exprimait un invariable sentiment de sérénité, juste troublé par les flammes que semblaient lancer ses yeux gris incroyablement profonds. Elle avait indéniablement quelque chose de magique et les feux de détresse clignotaient dans l'esprit de Frank. Il sentait qu'il perdait peu à peu le contrôle de la situation. Une fois de plus, le piège se refermait sur lui. La fois de trop ?

La voix de Natassia le tira de sa rêverie.

– Qu'allons-nous faire, maintenant ?

– Rien. On attend.

– Pendant combien de temps ?

– Je l'ignore. Tout ce que je sais, c'est qu'il ne faut prendre aucun risque. Le but est si proche…

– C'est l'argent, ton but ?

– L'argent est un moyen, pas un but. Dans mon cas, c'est le moyen de quitter le pays et par la même occasion, la vie de merde que je menais.

– Et l'amour, qu'en fais-tu ? Tu ne vis avec personne ?

Tout en parlant, elle ne le quittait pas des yeux. Frank s'était préparé à ce qu'elle fasse ce numéro de grande séductrice, mais son regard était si intense qu'il le mettait mal à l'aise, au point de ne plus pouvoir fixer autre chose que le sol. Il se souvenait avoir éprouvé la même sensation face au soleil.

– Je suis seul et je sais pourquoi…

– Pourquoi ?

– Parce que j'ai souvent été celui qui perd, même si je n'ai jamais totalement perdu. Mais c'est du passé... Maintenant, je suis celui qui gagne !

– Méfies-toi, Frank. La chute sera d'autant plus dure...

– Tu sembles savoir beaucoup de choses pour ton âge.

– J'aurai bientôt vingt-sept ans. Je pense pouvoir porter un jugement assez fiable sur le chemin déjà parcouru, non ?

– Je te croyais plus jeune.

– Merci du compliment, mais je me trouve dans l'incapacité de te le retourner. Tu parais déjà très usé.

– J'ai l'âge du christ à sa mort.

– Tu y vois une signification particulière ?

– Aucune. J'aimerais que tu cesses de m'interroger. Je n'ai pas besoin de psychanalyse.

– J'aurais pourtant parié le contraire...

– Tu te crois très intelligente mais je me fous de tes opinions !

– Ne t'énerve pas. Je souhaiterais juste que tu m'expliques pourquoi tu m'as fait venir ici. Ce n'est pas très prudent de ta part. Imagine, par exemple, que je me mette à hurler...

– Je t'ai promis de te récompenser si tu te montrais coopérative.

– De quelle façon ?

– Il y a sans doute plus de cent mille francs dans le sac. Tu en auras une part.

– L'argent ne m'intéresse pas, Frank. Je préférerais autre chose...

Elle quitta sa chaise pour se diriger vers lui. Ses yeux l'ensorcelaient, une chaleur intense irradiait son corps et embrasait son cerveau. Il tenta un instant de résister mais l'instinct était trop fort. Il sortait une nouvelle fois vaincu d'un combat qu'il aurait du savoir éviter. *Alea jacta est.*

Frank l'entraîna sur le lit et la déshabilla avec empressement. Il ne parvenait plus à penser, tout son être était tendu vers le corps allongé devant lui. La chair de Natassia exhalait une odeur de paradis, mais un paradis malsain, dangereux, comme calciné par le feu intérieur qui la dévorait.

Il firent l'amour avec toute la passion d'une relation sans lendemain. Que lui importait, à cet instant, de posséder un sac plein de fric ? Il s'était jeté avec délice dans le piège qu'elle lui avait tendu… Il aurait souhaité revenir en arrière mais il était déjà trop tard.

CHAPITRE DIX-SEPT

Le lendemain matin, Frank ne se sentait pas dans son état normal. Natassia dormait encore et cela lui permettait de faire le point tranquillement sur tous les événements de la veille. Ils avaient beaucoup discuté durant la nuit et Frank redoutait d'en avoir trop dit, car lorsqu'il se décidait à ouvrir le robinet de ses sentiments, c'était tout un fleuve de mots qui s'en échappait. Pas très prudent de se confier ainsi à n'importe qui… Surtout qu'il n'avait rien appris sur elle, puisqu'elle n'avait fait qu'écouter... Le roi des imbéciles est toujours très habile à se placer dans des positions inconfortables. Il s'apercevait qu'il connaissait uniquement son prénom, son âge et son emploi. C'était très insuffisant. *A contrario*, il lui avait quasiment tout dévoilé de son existence passée. Qui est plus sot qu'un voleur sentimental ?

Une sueur glaciale coulait le long du dos de Frank, en dépit de la chaleur qui régnait en cette matinée d'été. Une haine subite contre l'inconnue qui partageait son lit s'empara de lui avec vigueur parce qu'il avait donné à Natassia toutes les armes nécessaires à sa destruction totale. Ce n'était certes pas la première fois qu'il se comportait ainsi mais il ne s'agissait pas là d'une banale histoire de cul, il y avait eu un braquage, des morts et il devait tout mettre en œuvre pour sauver sa peau. En commençant, par exemple, par se débarrasser de cet ex-otage devenu encombrant…

Natassia se réveilla quelques heures plus tard, le sourire aux lèvres. Frank ne put que constater son absence totale de volonté face à pareille beauté. Elle l'avait totalement ensorcelé et il ne rêvait plus que de sa peau, de sa bouche, de son sexe… Il la désirait à s'en taper la tête contre les murs, à s'en brûler la cervelle de bonheur… Etait-elle cet ange qu'il recherchait et qu'il appelait de tous ses vœux depuis si longtemps ?

Ils firent l'amour avant de prendre le petit-déjeuner au lit. Pas question de quitter la chambre pour l'instant. Frank s'amusa de constater que les quotidiens nationaux ne mentionnaient pas le braquage; il existait certes assez de guerres dans le monde pour les occuper ailleurs. Les journaux locaux, par contre, se délectaient de l'aubaine : un hold-up assaisonné de deux cadavres est chose peu courante dans les petites villes. Les gros titres portaient tous sur les cent-trente mille francs dérobés au Crédit Agricole, ce qui facilitait la tâche de Frank au niveau du comptage des billets… « Deux gangsters tués, le troisième introuvable». Voilà qui constituait une agréable nouvelle. Frank estimait que les flics éprouveraient quelques difficultés à établir un lien quelconque entre lui et les deux morts puisqu'il n'était jamais allé en taule et ne les fréquentait plus depuis de nombreuses années. Vince et Max n'étaient que des profiteurs rencontrés au hasard de différentes beuveries et il les connaissait juste assez pour avoir une maigre confiance en eux. L'alcool associé à un certain mépris du système unissent toujours les faibles.

«Une employée prise en otage n'a toujours pas été relâchée». Frank ricana en pensant que les journalistes ne pouvaient certainement pas deviner pourquoi elle se trouvait encore avec lui. Natassia s'enquit des nouvelles.

– Ils ne savent rien. Ils ne parlent même pas de l'Alfa. Peut-être que le vieux est satisfait d'avoir échangé sa voiture…

– Méfie-toi de ce qui est écrit dans les journaux. La police en sait toujours plus qu'elle ne le dit et elle peut vouloir te tendre un piège. N'oublie pas non plus que le vieux est le seul à pouvoir t'identifier.

– Avec toi…

– Oui, mais moi, c'est différent…

Frank s'abstint de la contredire.

– A quoi songes-tu ?

– A ce que je vais faire après avoir quitté cet hôtel.

– Et moi ? Tu ne peux pas me laisser partir comme ça. La police m'interrogera et je serai obligée de parler, tôt ou tard.

Le monde à l'envers. L'otage refuse d'être libéré. Inversion des rôles. Merde.

– Rien ne t'empêches de lui donner une fausse description de moi.

– Pour quelle raison ferais-je ça ?

– Parce que je vais acheter ton silence.

– Il me semble t'avoir déjà dit que l'argent ne m'intéressait pas. Je veux que tu m'emmènes avec toi.

– J'ai besoin de réfléchir…

– Je crois que je peux t'aider à prendre une décision.

Natassia lui prit la main et la guida vers son sexe humide. Elle commença à se masturber en soupirant de plaisir. Frank ne put se retenir de bander et il la pénétra avec toute la fougue dont il était encore capable. Il lui restait juste assez de lucidité pour s'apercevoir que la situation lui échappait totalement. Il ne maîtrisait plus suffisamment son esprit pour résister à Natassia…

CHAPITRE DIX-HUIT

Les jours passaient et une certaine monotonie s'installait, ce qui n'était pas pour déplaire à Frank. L'enquête piétinait tellement que les journaux cessèrent rapidement de s'y intéresser. Le propriétaire de la CX s'était révélé incapable de donner une description précise de son agresseur, peut-être à cause du choc ou par peur d'éventuelles représailles.

Frank s'était débarrassé de l'encombrante Citroën en la cachant au cœur d'une forêt touffue où elle avait peu de chances d'être retrouvée rapidement. Personne, à l'hôtel, ne sembla s'étonner de la disparition du véhicule : Frank et Natassia n'entretenaient aucune relation particulière avec les autres clients, du reste peu nombreux. Les déplacements s'effectueraient désormais en taxi mais excepté ce petit souci de logistique, tout allait pour le mieux.

Le comportement de Natassia continuait cependant d'intriguer Frank. Ils quittaient rarement la chambre, et moins encore l'hôtel mais malgré cette promiscuité forcée, il ne parvenait toujours pas à cerner sa personnalité. Elle ne se plaignait jamais, ne montrait aucun signe d'impatience et, pour tout dire, demeurait en toutes circonstances mystérieuse et insondable. Dans l'espoir d'atténuer son inquiétude, il tentait par moments d'en savoir plus sur elle.

– Tes parents doivent se faire du souci pour toi… Et ton patron, tes collègues, tes amis ?

– Je me moque de tous ces gens, Frank. Je souhaitais justement changer de vie et c'est le destin qui t'a mis sur ma route. Je ne regrette rien ni personne. Et toi ?

Elle parlait avec une certaine arrogance dans la voix, sans doute dans le but de le décontenancer.

– Je ne regrette rien de mon ancienne existence… Et ton fiancé ? Une fille comme toi doit bien avoir quelqu'un dans sa vie ?

– Détrompe-toi ! Personne ne s'est montré capable de m'apporter ce dont j'ai besoin.

– Tu ne vas pas me faire croire que je t'apporte quelque chose… Je ne possède rien d'autre qu'un peu de fric et beaucoup d'ennuis.

– Tu détiens surtout ce que je recherche : le danger et l'aventure…

Son regard demeurait inexpressif et Frank ne disposait d'aucun moyen de savoir si elle était sincère. Il redoutait de l'apprendre à ses dépens. L'enquête ne progressait pas et Natassia représentait donc le dernier danger potentiel à affronter. En dépit de tout, elle était ce qui lui était arrivé de mieux depuis très longtemps. Il n'avait rien oublié des interminables soirées passées à se saouler dans son appartement, seul, parce qu'il n'y avait rien d'autre à faire, parce que les fantômes du passé refusaient de mourir, parce qu'il n'attendait plus rien de la vie et parce que la vie, de son côté, n'avait plus rien à lui offrir…

Frank ignorait ce qu'il attendait de Natassia, il savait juste qu'il était mieux avec elle que sans elle. Il n'était pas question d'amour, il avait oublié la signification de ce mot. Une seule vérité s'imposait à lui : il avait tout à gagner et rien à perdre. Voilà la vraie, la seule liberté : plus rien à perdre… Une liberté aux accents désespérés. Il aurait aimé croire en la possibilité d'une nouvelle vie, quelque part… ailleurs…

CHAPITRE DIX-NEUF

Les jours succédaient aux nuits dans la plus grande indifférence et Frank éprouvait la désagréable impression d'avoir cessé de vivre pour devenir le prisonnier d'une sorte de purgatoire dont le gardien n'était autre que la femme qu'il était sensé aimer. L'enfermement et l'isolement avaient commencé à faire leur œuvre : il s'était remis à boire…

Un matin, Frank se réveilla en sursaut, trempé de la froide sueur de l'angoisse et stupéfait d'être encore en vie. Natassia dormait à ses côtés et une certaine innocence pouvait se lire sur son visage. Nulle inquiétude ne semblait jamais l'assaillir et Frank ne pouvait que constater qu'elle gérait la situation beaucoup mieux que lui. Un comble !

Les vieux démons resurgissaient sans rien avoir perdu de leur hideur. A certains moments de lucidité extrême, Frank percevait la vie comme une bouffonnerie impitoyablement absurde, une suite d'emmerdements teintés de souffrances diverses, c'est-à-dire telle qu'elle était réellement… L'homme est incapable de faire le bien s'il ne parvient pas à gérer sa douleur. Toute l'histoire de l'humanité se résume à ce constat.

Frank observait le corps nu de Natassia en tentant de se persuader qu'elle représentait sa dernière chance. Il avait convoité la fortune et cette fille s'était greffée sur son rêve comme par enchantement. Méfiance. Il savait pertinemment que le soleil ne brille jamais très longtemps pour la même personne; le retour de bâton interviendrait tôt ou tard. Inexorablement.

Frank s'était cru blasé, cynique, revenu de tout mais Natassia, presque involontairement, lui avait fait redécouvrir l'espoir. Il se sentait plus vulnérable que jamais. Sensation malsaine d'être en train de jouer sa vie à quitte ou double. Il se disait, finalement, que bonheur et malheur étaient proches comme des frères et que l'existence, quant à elle, n'était qu'un grand jeu, un défi dont les uniques enjeux se nommaient amour et mort, un jeu où personne ne gagnait jamais vraiment.

L'ennemi de Frank n'était pas la police, non. L'ennemi était en lui. Celui contre qui il se battait depuis l'enfance n'était autre que son reflet dans le miroir, ce double honni, ce frère de misère.»Je ne me ressemble pas», pensait-il. Mais qui était-il réellement? Et qui se cachait derrière l'adorable visage de Natassia? Il ne parvenait pas à oublier certains propos qu'elle avait tenus la veille.

– Tu ne me regardes jamais, Frank. Pourquoi?

– Tu te trompes. Je passe mon temps à te regarder...

– Tu sais de quoi je veux parler. Tes yeux sont tournés vers moi mais ne me voient pas.

– Que cherches-tu à me dire?

– Je ne supporte plus de te voir boire. Pourquoi te détruis-tu ainsi ?

– C'est la vie qui me détruit. La peur me poursuit depuis mon enfance. Il est inévitable qu'elle finisse par me rattraper.

– De quoi parles-tu ? Tu es en train de devenir complètement fou…

Natassia quitta la chambre sur cette sentence. Tout en fumant une cigarette, Frank reconnaissait qu'elle n'avait sans doute pas tout à fait tort… Il fallait que cette situation cesse impérativement. Il espérait que tout s'arrangerait s'ils partaient à l'étranger. Il n'existait aucune raison valable de rester dans cet hôtel. Il avait assez attendu. Qu'attendait-il, d'ailleurs ? La mort ? Natassia était dans le vrai, l'alcool le détruisait à petit feu. Il ne parvenait même plus à bander convenablement. Depuis combien de jours n'avaient-ils pas fait l'amour ? Combien de semaines à tourner en rond entre quatre murs ? L'impression de n'avoir jamais quitté son appartement, que le braquage n'était que le fruit de son imagination… Frank avait de plus en plus l'impression de tourner dans un mauvais remake de Shining. Frank Torrence pour vous servir. Accroche-toi, Nicholson, ta folie n'est rien à côté de la mienne ! Il manquait toujours quelque chose pour être véritablement heureux… Le fric et une belle fille ne l'empêchaient pas de ruminer des pensées morbides. Il ne lui avait pas menti : la peur constituait sa véritable nature, presque sa seconde peau. Un formidable engin de destruction pour lui comme pour les autres.

Frank n'osait plus affronter le miroir de la salle de bains, tant l'image qu'il lui renvoyait était celle d'une épave, un de ces hommes nés pour mieux mourir, et rien que pour cela. Etait-il déjà trop tard pour revenir en arrière ? Trop tard pour échapper à son destin ? Il redoutait qu'il fut trop tard depuis toujours...

CHAPITRE VINGT

Un jour de grande détresse, Frank se décida enfin à partir. S'enfuir, plus exactement. Natassia avait profité qu'il dormait du lourd sommeil de l'ivrogne pour quitter la chambre et l'attente de son retour lui paraissait insupportable.

A vingt heures, toujours seul, Frank couchait les phrases sur la papier avec l'énergie du désespoir. Il avait souvent eu besoin des mots pour évacuer son angoisse et ces derniers ne se dérobaient que rarement. La succession des pages lui permettait de rendre tolérable l'absence de Natassia.

Il vivait l'expérience du manque comme un drame sans fin. Lui qui se croyait solitaire et épris de liberté n'était en fait qu'un pitoyable camé totalement dépendant de l'alcool et du sexe. Quelques temps auparavant, il aurait jugé impensable qu'une femme puisse le rendre fou à ce point…

A cet instant, Frank aurait souhaité pouvoir humer son corps, le toucher, le caresser… Cette impossibilité le mettait au supplice et l'alcool, en dépit de son pouvoir, était impuissant à faire disparaître cette obsession.

Dans le miroir de la salle de bains se reflétait l'incarnation de sa déchéance. Frank, trente-trois ans et déjà une vie ratée, définitivement hors-service, au bout du rouleau. Un beau C.V, que l'argent ne pouvait pas améliorer, parce que rien n'avait ce pouvoir.

Il comprenait que Natassia se soit enfuie; mieux: il compatissait car il aurait agi de même à sa place. Mais pourquoi n'avait-elle pas touché au fric?

Le Manhurin se trouvait toujours à sa ceinture, il ne s'en séparait pas même pour dormir. Une vieille habitude; déjà tout môme, c'était : Pan! Pan! ...T'es mort...

Frank saisit la crosse et pressa le canon contre sa tempe. Il jouissait du contact de l'acier dur et froid sur sa peau. Assurément, ce suicide aurait de la gueule, du style; rien à voir avec une overdose de barbituriques. Il estimait que ce type de mort par le feu et l'acier était susceptible de lui rendre un peu de dignité et même une sorte de fierté posthume... Peut-être aurait-il droit à une place à la droite d'Hemingway? Ah!Ah! Ah!...

Seul face au reflet, cet autre lui-même, ce double abhorré; seul face à la vérité de son existence, enfin. Frank avait placé une unique balle dans le barillet. Une petite roulette russe pour partir en beauté, comme dans *Voyage au bout de l'enfer*? Pas mal... Réussir sa mort, à défaut d'avoir réussi sa vie, constituerait une revanche acceptable, presque une consolation. Une grande fin, une apogée inoubliable, au charme éternel et glacé...éternel et glacé...CLIC! ...Raté. Le destin se montrait une fois de plus capricieux. Pas grave, deuxième chance : même joueur joue encore...

Alors qu'il s'apprêtait à presser une seconde fois la détente, Frank entendit la porte d'entrée s'ouvrir. Il s'empressa de dissimuler l'arme sous son sweat. Natassia réapparaissait comme par magie pour le sauver d'une fin certaine. Il s'efforça d'adopter une attitude normale.

– Qu'as-tu fait durant tout ce temps ?

– Je suis allée me promener dans la forêt parce que je m'ennuyais. Je ne supporte plus de te voir boire ou dormir sans cesse. Tu dois absolument réagir.

Comme à son habitude, elle parlait doucement mais avec fermeté.

– Tu as sans doute raison. Partons ! N'importe où est préférable à nulle part. Nous irons en enfer s'il le faut !

– Arrête de dire des sottises… Que dirais-tu de l'Amérique du Sud, et plus précisément la Patagonie ?

– Peu importe. L'important est de quitter ce trou à rats. Je crois que j'ai besoin de dépaysement, sous peine de devenir réellement fou…

Natassia souriait tout en le regardant, sans qu'il parvienne à deviner les raisons de son amusement. Elle semblait éprouver les pires difficultés à cacher qu'elle se moquait de lui. Frank eut alors la brusque envie de la culbuter violemment sur la table en chêne qui trônait au centre de la pièce. La posséder totalement, avec puissance et rage, afin de tout oublier : la puanteur du mensonge, les trahisons, l'échec, la misère… La baiser pour effacer les traces.

Frank enlaça Natassia avec une certaine brutalité tout en l'obligeant à s'asseoir sur la table.

– Lâche-moi ! Ce n'est pas le moment… Je n'ai pas envie !

– Mais, putain ! Ce n'est jamais plus le moment ! Dis-moi quand, alors… Quand ?

– Bientôt, dit-elle calmement en caressant sa joue mangée par une barbe d'une semaine, mais ne hurle pas ainsi, je déteste cela…

– Excuse-moi, j'ignore ce qui m'a pris.

Après avoir terminé les préparatifs de départ, Frank appela un taxi afin de rejoindre la gare la plus proche. Il avait prévu de se rendre à Paris puis d'embarquer dans le premier vol pour Buenos Aires. Pourquoi pas la Patagonie, après tout ? Cette destination en valait bien d'autres et le plus important était de foutre le camp. Loin. Frank s'apaisait peu à peu, à mesure qu'il retrouvait l'espoir d'une vie nouvelle.

Dès l'arrivée à la gare Montparnasse, il se dirigea avec empressement vers les couloirs du métro, les doigts crispés sur la poignée du sac contenant les billets. Pas le moment de se faire voler cet argent synonyme d'avenir…Il était tellement déterminé que Natassia éprouvait quelques difficultés à le suivre.

L'horloge de la gare indiquait dix-neuf heures et l'avion ne décollerait pour l'Argentine que le lendemain matin. La perspective de passer une nouvelle nuit dans un hôtel n'enchantait pas Frank, il ne supportait plus l'enfermement, de même qu'un fauve ne s'habitue jamais à sa cage. Mais ne pas avoir de choix facilite la prise de décision. Une fois de plus, il lui fallait attendre, et faire en sorte que ce ne soit pas la fois de trop.

CHAPITRE VINGT ET UN

Frank décida de s'installer dans une chambre située au quatrième étage d'un petit hôtel vétuste et Natassia manifestait une mauvaise humeur grandissante. Il n'en avait rien à foutre : seuls l'intéressaient les verres qu'il comptait boire dans la soirée. Il avait caché le sac de sport dans une armoire dont il avait gardé la clé et son esprit était enfin en paix.

A vingt-heures trente, ils prirent place dans une pizzeria et Frank se réjouissait du chianti qui s'apprêtait à couler généreusement dans ses veines, pendant que Natassia le dévisageait avec des yeux revolvers.

– Ton attitude est navrante. Tu ne penses qu'à boire…

– Je pense à toi, également, ma chérie.

Malgré tous ses efforts, il ne parvenait pas à prendre un air sincère, incapable même en son for intérieur de discerner les sentiments qu'elle lui inspirait. Son esprit était le champ de la bataille que se livraient l'amour et la haine, qu'il connaissait pareillement et appréciait de même.

– Je t'ai déjà dit que tu mens très mal, Frank.

Le dîner se poursuivit dans le silence le plus complet. A proximité de la pizzeria se trouvait un bar dans le style de ceux que Frank affectionnait, avec ses piliers plus ou moins paumés, hommes et femmes confondus et à l'identité soluble dans l'alcool. Ses semblables, en quelque sorte, même s'il lui répugnait de se l'avouer.

Natassia montra d'abord un peu de réticence mais consentit finalement à l'accompagner. Frank était parvenu mentalement à un point où plus rien n'avait d'importance, pas même sa possible arrestation. Il s'était terré comme un animal durant beaucoup trop de temps. De toute manière, il n'était pas sans ignorer que le plus sûr moyen de ne pas se faire remarquer consistait à mener une vie normale et banale au milieu des autres êtres humains.

Frank entama dans ce bar son entreprise d'autodestruction méthodique et résolue, additionnant les whiskies bien tassés aux bières ambrées tandis que Natassia suivait sans joie le programme retransmis par l'écran géant de la télé murale, en l'occurrence un concert ancien de Depeche Mode.

Il naviguait sur les eaux troubles de l'inconscience avec la sagacité d'un vieux loup de mer, évitant magistralement les glaçons-icebergs, descendant les chutes vertigineuses de la Zubrowka avant de longer avec toute sa raison le rivage de la folie. Il détruisait ses neurones avec la plus extrême conscience professionnelle, jusqu'à ce que l'inévitable se produise, à savoir l'irruption d'un tsunami venu des profondeurs du foie. Le cours d'alcool quitta alors son lit et cet incident se traduisit concrètement par un séjour prolongé aux toilettes…

Frank vomit ses tripes à grands jets continus avant de se passer de l'eau sur le visage. Le reflet renvoyé par le miroir ne correspondait pas exactement à ce qu'il aurait aimé voir.

Il éprouvait des difficultés à se convaincre que le visage qu'il y voyait était le sien. Rimbaud : «Je est un autre». Tu m'étonnes.

Il ferma les yeux un instant avant de regagner la salle. Il s'obligeait à ne plus réfléchir, conscient que les pensées le détruiraient, un jour.

CHAPITRE VINGT-DEUX

De retour des toilettes, Frank constata sans surprise que Natassia avait disparu. Il pensa un instant à inspecter les W.C. pour femmes mais y renonça rapidement, conscient de la complète inutilité de cet acte.

Le barman confirma qu'elle avait quitté la salle dès qu'il s'était levé de son siège, ce qui ne constituait pas à proprement parler une surprise. Il avait sciemment provoqué cette réaction dans le but de se retrouver seul. Comme toujours.

Il fallait agir, désormais. Certes. Mais comment ? Frank n'avait aucunement l'intention de se rendre à l'hôtel, même s'il avait de grandes chances d'y retrouver Natassia. S'il avait tenté de se leurrer et y était en partie parvenu, il lui paraissait évident maintenant que seul le fric avait jamais intéressé cette fille. L'opportunité d'une nouvelle vie... Cela lui importait peu, finalement... Il avait eu la chance d'aimer une femme magnifique. Magnifique mais diabolique.

Frank commanda un nouveau verre. Vodka, pour changer. C'est alors que la vérité le frappa comme un éclair : nue, crue, belle et dure à la fois. Insondable. Le hold-up, la cavale et la pseudo histoire d'amour-tout comme la boxe ou la littérature auparavant– n'avaient été que des espoirs mort-nés qu'il avait lui-même enfantés dans l'unique but de tromper le terrifiant ennui qui l'habitait depuis toujours. Frank se montrait incapable de désirer une chose ou une personne, c'était son drame. Son esprit était lucide mais son âme était malade. Il ressentait perpétuellement l'impression de ne pas vivre sur la même planète que les autres humains, y compris ceux qui étaient censés être ses amis. Différent. La petite part d'ombre que chaque homme tente de dissimuler le plus efficacement possible avait fini, chez lui, par recouvrir l'âme toute entière.

Cela ne lui était jamais apparu aussi nettement et il en était bouleversé. Il se trouvait maintenant face à la vérité qui lui était propre et il ne pouvait l'ignorer. Il se devait d'en tirer les conséquences. D'abord, la douleur, puis l'aveuglement. Comme face au soleil.

Et si Frank avait vécu jusqu'à ce jour uniquement dans l'attente de cet instant ? L'illumination. Il pouvait mourir en paix : il savait, avait enfin compris. Mais, Dieu, que cela avait été long… Ce goût de pourri bloqué au fond de la gorge depuis toujours… Comprendre… Alors qu'il essayait de vivre, d'échapper à la mort, alors qu'il essayait de gagner… Merde…

Crever pour vivre. Vivre pour crever. Frank ne souhaitait pas retomber dans son enfer personnel, celui qu'il commençait à si bien connaître, l'enfer de la haine et du désespoir, de la rage au ventre qui détruit tout, d'abord les autres et puis enfin soi-même. Non, il ne désirait pas revenir en arrière…

Cependant, quel choix lui restait-il ? L'amour aurait peut-être pu le sauver, mais le seul amour qu'il eut connu était froid, plus froid que la mort, et humide, aussi, car sang et larmes avaient coulé en lui et autour de lui. L'amour puait le sang séché, et le sang avait fait resurgir la haine… La haine était pure, cristalline et tranchante comme une lame acérée… si belle… alors que l'amour était froid… amer, opaque et menteur, fruit alléchant à la saveur écœurante. Que pouvait l'amour contre la haine, qui ne déçoit jamais ? La haine dévore tout sur son passage avant de dévorer celui qui la possède… Elle purifie alors que l'amour salit et abîme… parfois…

Frank avait failli tomber dans le piège mais désormais il voyait clair, clair en lui, clair en elle, clair en l'existence et en l'humanité, comme si tous les masques trompeurs s'étaient volatilisés d'un seul coup. Une révélation… Des visions illuminaient son être tout entier. Il venait d'acquérir la certitude que l'enfer était son domicile et, après toutes ces années d'errances, il était finalement heureux de retrouver sa demeure.

Frank était parvenu au bout du chemin, il ne pouvait pas aller plus loin, pas plus qu'il ne pouvait revenir en arrière. Le cercle s'était refermé autour de lui, il était le centre de cet enfer où il n'existait plus le moindre espoir ni la moindre volonté de retour.

Il ne lui restait plus qu'à attendre que son destin s'accomplisse. Lui, que le doute avait rongé durant l'essentiel de son existence, savait d'instinct et avec certitude que le dénouement n'allait plus tarder. La mort se trouvait au bout de son chemin, ainsi qu'au bout de tous les autres chemins. Son tour était venu. Pourquoi ? Comment ? constituaient des questions de second ordre, déplacées et malvenues. Sans importance, puisqu'un seul fait comptait désormais pour Frank. Il mourrait bientôt et il attendait ce moment avec une curiosité malsaine. Presque avec impatience…

CHAPITRE VINGT-TROIS

A deux heures du matin, Frank éprouva quelques difficultés à terminer son verre. L'avion qu'il devait théoriquement prendre décollerait dans un peu moins de huit heures. Douce plaisanterie, à présent qu'il savait.

« Nous fermons, monsieur. Merci de régler l'addition»

La voix du barman résonnait aux oreilles de Frank avec un écho étrange, comme si elle n'était pas réelle et surgissait de nulle part. Comme s'il ne faisait déjà plus partie des vivants. D'une certaine façon, il s'agissait bien de cela...

– Tenez. Gardez la monnaie.

Il venait de sortir un billet de cinq-cent francs de sa poche, ce qui sembla contrarier le serveur.

– Il manque cent-vingt-cinq francs, monsieur...

– Vous en êtes sûr ?

– Absolument !

Frank fouilla dans ses poches et parvint péniblement à en extraire un billet de deux-cent francs.

– Merci beaucoup, monsieur. Vous désirez que j'appelle un taxi ?

– Non. Ca ira, ça ira...

– Bonne nuit.

– Pas tout de suite... La nuit est jeune, encore...

Ce qui constituait peut-être sa dernière nuit ne pouvait prendre fin de cette façon. Frank sentait que la fin du voyage était proche, il en était intimement persuadé. Nul besoin de se donner la peine d'un suicide, il devinait que quelqu'un se chargerait de cette tâche à sa place, et cela pouvait être n'importe qui. Il était certain d'une seule chose : il avait prononcé le grand»non» à la vie. Le destin était en marche, parce qu'on (qui donc ?) ne lui pardonnerait pas d'avoir entrevu la vérité.

Frank marchait au hasard des rues lorsqu'il aperçut l'enseigne lumineuse d'une boîte de nuit : L'Underground. Bien. Il lui restait suffisamment de monnaie pour payer l'entrée ainsi qu'un dernier verre. Le verre du condamné ? Ah ! Ah ! Ah ! En se concentrant, il parvint à prendre l'allure de quelqu'un d'à peu près sobre et le videur de l'entrée consentit sans trop de difficultés à le laisser entrer.

L'endroit puait le jeune plein de fric, avide de défoulement le week-end après une semaine de cours à la faculté. Frank se sentait vieux au milieu de tous ces gamins, et ce n'était pas uniquement une question d'âge…

Les enceintes déversaient les flots de décibels d'une techno assez extrême. Instinctivement, Frank prit place au bar. Les grands fauves se dirigent toujours vers les points d'eau(de vie). Dans une boîte de nuit, le temps se dilue dans le chaos musical ambiant ; c'était cela qu'il recherchait. Sur la piste de danse, les jeunes s'agitaient au rythme de leur dérive, instants bénis où l'éphémère se montre durable, où les pensées tournent au ralenti, où les lumières multicolores sont autant de phares dans la nuit, indiquant la direction à prendre.

Frank appréciait ses derniers instants à leur juste valeur. Des moments où seul compte le présent. Natassia, le hold-up, l'avion... Il était enfin en paix avec lui-même : il regardait, il écoutait, il vivait, comme si rien de tout cela n'avait existé.

La techno faisait danser son âme bien mieux que n'importe quel alcool. Une jeune brunette branchée sur le 220 s'agitait frénétiquement au centre de la piste, poupée désarticulée animée uniquement par les vibrations de la musique et dont la solitude paraissait au moins aussi intense que celle qui habitait Frank. Ses fesses étaient moulées dans un short très court et la plupart des mecs présents dans la salle éprouvaient des difficultés à en détacher leur regard. Le plus drôle était qu'elle ne cessait de lui jeter des regards en coin, à lui, pauvre condamné, pauvre con damné, ah ! ah ! ah !

Et si tout recommençait une fois de plus ? Après tout, c'est cela, vivre : penser que tout espoir est définitivement perdu, et puis, un beau matin... A cet instant, Frank aurait aimé être dans un autre monde, un monde où les anges ne se rencontrent pas dans les discothèques mais sous un ciel étoilé, un monde où la pureté n'est pas la sœur du vice, un monde où les femmes ne désirent pas détruire les hommes mais plutôt les aider à survivre à leur folie.

Seulement, voilà, zéro plus zéro est toujours égal à zéro, et Frank jeta un dernier regard à la petite sirène surgie du néant avant de s'engouffrer dans la nuit.

CHAPITRE VINGT-QUATRE

Dehors, une pluie dense masquait les lumières de la ville endormie. Au coin d'une rue, un type achevait de vomir ses tripes sous la froide lueur d'un lampadaire défectueux.

Cinq heures du matin. Frank décida malgré tout de regagner l'hôtel et descendit dans la bouche de métro la plus proche dans l'attente du début de l'incessant ballet des rames. L'hôtel était situé à quelques stations de là ; une chance car Frank se trouvait dans un état proche du coma éthylique : cerveau fonctionnant au ralenti, images parvenant décalées et syncopées comme dans un film muet. Il ne se sentait pas au mieux de sa forme et la nausée s'apprêtait à faire sa réapparition lorsqu'une voix inconnue le tira de son abrutissement.

« File-nous ton pognon, mec». Deux jeunes à peine majeurs, genre rap de banlieue, se tenaient devant lui, l'air menaçant.

– Désolé mais je n'ai rien à vous donner…

Frank articulait avec difficulté et mourrait d'envie d'éclater d'un rire dément. Dommage qu'on soit rarement cru lorsqu'on dit la vérité. Le premier coup de pied l'atteignit en plein visage puis la lame d'un couteau à cran d'arrêt s'enfonça dans son abdomen. Il tomba à terre et sentit que ses agresseurs fouillaient ses poches.

– Merde ! Ce connard disait vrai. On lui a fait la peau pour dix balles…

– On s'arrache !

Un crachat s'écrasa sur le visage de Frank avant qu'il n'entende des bruits de pas s'éloigner tranquillement. Puis, plus rien. Il resta allongé sur le sol de la station déserte sans avoir la force de se relever. De toute manière, il n'attendait pas d'aide et n'en désirait pas non plus. Il sentait le sang et la vie s'écouler lentement hors de lui sans qu'aucun sentiment d'inquiétude ne l'habite. Au contraire, il ne s'était jamais senti aussi bien.

Il ne voulait cependant pas crever sur ce quai. La masse des voyageurs n'allait pas tarder à déferler et nul doute que quelqu'un préviendrait police, pompiers ou SAMU. On lui sauverait la vie, puis on l'interrogerait. Victime d'une agression ? Règlement de comptes ? On fouillerait dans son passé et on y découvrirait des choses qui inciteraient à gratter un peu plus encore le vernis d'honnêteté qui recouvrait son nom.

Frank était conscient qu'il finirait par tout raconter, par lassitude et parce qu'il n'avait, en fin de compte, aucune raison valable de garder le silence. Son portrait figurerait durant quelques jours à la une des journaux, puis il moisirait dans une cellule, là où, de toute façon, les hommes de son espèce finissent toujours par se retrouver ; on le lui avait assez répété depuis son enfance. Comme si son sort avait été scellé dès la naissance. Comme si le hasard, finalement, n'en était pas un…

Non, Frank ne souhaitait pas finir sa vie ainsi. Sa blessure était superficielle, la lame ayant essentiellement perforé de la graisse, et il remerciait du fond du cœur les hectolitres de bière bus depuis l'adolescence.

Il parvint finalement à se redresser et à s'asseoir sur un siège. Le sang imbibait son tee-shirt et sa veste mais il conservait malgré tout une allure civilisée car ils étaient de couleur sombre. Il décida de tenter de regagner l'hôtel. Il ne devait rendre la chambre qu'à midi et cela lui laissait un peu de temps pour dormir et se soigner. Que faire d'autre ? Dans l'état actuel des choses, il était de toute manière incapable de pousser sa réflexion plus loin.

Il n'y avait toujours aucun autre voyageur lorsque la première rame fit son entrée dans la station. Frank s'installa côté fenêtre et ressentit un immense soulagement au signal de fermeture des portes. La douleur avait disparu.

A la réception de l'hôtel, on feignit de ne pas s'étonner de le voir rentrer à une heure si matinale. Frank éprouvait cependant le besoin de se justifier. Il s'abstint.

– Ma femme est-elle passée dans notre chambre, hier soir ?

Malgré l'alcool qui coulait dans ses veines, il avait conscience du ridicule de la situation. Le sang coulait le long de sa jambe et mouillait une de ses chaussettes.

– En effet, monsieur. Elle souhaitait récupérer quelques affaires personnelles et je lui ai donc ouvert l'armoire à l'aide de mon passe. Y-a-t'il un problème ?

– Aucun… Je souhaitais juste m'assurer qu'elle avait effectivement pu prendre son sac… Je suis tellement étourdi que j'avais oublié de lui donner la clé… Vous avez très bien fait… Je vais me reposer un peu en attendant de prendre l'avion.

– Excusez mon indiscrétion mais… votre femme n'est pas avec vous ?

– Elle m'attendra à l'aéroport. Je crois…

– Vous êtes certain que ça va ?

– Tout à fait, merci !

Le sol commençait à être maculé d'un peu de sang. Frank monta rapidement les escaliers tout en comprimant la blessure. Anesthésié par l'alcool, il ne souffrait pas outre mesure mais, dans un souci de discrétion, il préférait éviter de laisser une traînée de sang derrière lui. Frank, la limace sanguinolente…

Une fois seul dans la chambre, il éprouva un sentiment de plénitude qui n'était pas vraiment de circonstance. Il avait tout perdu : Natassia, l'argent… Aucune importance, il ne parvenait pas à regretter ses imprudences… Il pouvait encore tenter de l'intercepter à l'aéroport mais il n'en avait pas la force, ni l'envie. Il était trop tard car trop d'erreurs avaient été commises.

Frank savait que Natassia prendrait l'avion prévu ; il s'agissait de son rêve personnel, après tout. Elle devait s'amuser de l'avoir berné en beauté. Tant pis, ça faisait partie du jeu. Elle s'était servie de lui et il l'avait laissé faire. Connard ! D'ailleurs, même s'il la retrouvait à l'aéroport, elle lui tendrait un piège dans lequel il tomberait encore en souriant. La raison en était simple : Natassia, elle, savait ce qu'elle voulait…

C'est sur ce constat lucide et amer que Frank finit par sombrer dans le néant du sommeil, baignant dans son sang de pauvre condamné.

CHAPITRE VINGT-CINQ

Les orbites vides le fixent intensément, laissant deviner toute la haine qu'elle lui voue ainsi qu'à ses semblables. L'impression de se regarder dans un miroir sans qu'il y ait de reflet. Juste elle, dans son infinie grâce et son absence de pureté. Eclat d'une fin romantique et cruelle dans les yeux de l'aimée.

Dans un couloir obscur, Frank marche vers la lumière sans parvenir à l'atteindre. Sur le quai s'échangent des paroles vaines à voix basse. Klaxons. Bruits divers, absurdes et insignifiants. Des personnes hurlent des mots qu'il ne comprend pas. Il se trouve aux portes. Silence…

Il n'est plus aveugle. Ce n'est rien d'autre qu'un jeu idiot. Isolé et immobile, on lui parle. Il tremble parce qu'il ne parvient pas à répondre. Que lui veut-on ? Des sons étranges emplissent ses oreilles. Au cœur du bruit, un message. Le sien. Il refuse d'entendre car la douleur est atroce. Il hurle. Sifflement. Une rame approche puis s'arrête. Le son se dilate, s'évanouit en une unique plainte.

Cependant, rien n'a changé. Tout n'est que folie et grincements. Rien. L'humain est absent de sa propre vie; une grande marche vers l'inconnu, vers nulle part. L'argent est le maître inquisiteur. L'existence sur Terre se fond dans le grand cycle de l'univers.

Non ! Pas de poison ! Il suffit de nettoyer : les vaisseaux insalubres du cerveau, les zones arides et désertées, les barbelés rouillés, les usines et hangars désaffectés, les maisons inhabitées aux fenêtres murées… Rien d'humain ne vit là, et pourtant des êtres hantent ces lieux. Ils existent.

Un ancien boucher, mort dans la carcasse désossée de sa voiture, et soudain, un roulement de tambour pour signifier que le salut des écorchés ne se trouve pas ici. Bienvenue dans la grande fournaise, Frank. Derniers instants dans la pièce au plancher défoncé. Une sombre clarté filtre à travers la fenêtre aux carreaux cassés. Végétation de chairs. Puissance du silence total. La réalité sourit avant de broyer l'innocence.

Enigme des esclaves, le mépris occupe l'espace. Un rêve nauséeux, un leurre de chair et de sang. Sur le sol, les preuves du retour : des flaques de vomissure. La folie lèche de ses flammes les cerveaux inquiets. Elle est toujours présente. Ses yeux et l'expression de son visage mentent. Long rêve du mort.

Le Christ a tout dévasté, sa croix en feu fut jetée dans l'océan avant de disparaître sous le rut d'un ciel moqueur. Illusions.

L'amour n'est qu'une peur, un dealer de mort qui refuse de dire son nom. Le néant ne peut réfléchir la lumière.

Le visage de Natassia. Ses lèvres se dérobent derrière l'ombre des cheveux, ses sourires corrompus envahissent le monde froid. Il souffre et se vautre dans les horreurs qu'il secrète. Il garde cependant confiance en elle, en sa bonté tristement aveugle et se fie à ses choix. Il n'ignore pas qu'elle lui a tracé un destin de la pointe de ses doigts gelés.

Le silence écorche comme une lame de rasoir et introduit la nuit dans l'âme. Les images demeurent, obsédantes malgré l'alcool et le temps. Tenaces, maladives, témoignant que le passé ne s'efface pas, en dépit des efforts.

Vie sans avenir, abrogée, marquée au fer rouge du sceau de la conscience. Pas d'oubli pour les enfants du Christ : la mémoire fonctionne comme un étau appliqué à broyer le présent. Un présent absent qui aurait pu cependant exister sans le ressac putride des sentiments périmés.

Ne subsistent alors que des yeux grands ouverts sur la mort et sur les toiles d'araignée d'une petite chambre à l'atmosphère méphitique. L'odeur de la charogne ne disparaît pas si aisément. Lorsqu'on se sent pourrir de l'intérieur, inutile d'attendre la tombe pour reposer sous un ciel de marbre.

Esclaves de l'éternité. Frissons d'acier. Le sentiment que la mort, si désirable et désirée, a déjà entamé son inéluctable marche. Frank est conscient qu'il ne se dérobera pas quand le destin frappera, que sa tête roulera sur le sol humide jusqu'à un égout où elle se mêlera aux immondices en un instant magique.

Pourquoi Natassia refuse-t-elle de parler ? Elle consent seulement à effleurer sa peau nue de ses longs doigts glacés. Elle lui sourit. Aucun doute : elle l'aime. Frank désire l'embrasser, ne sait ce qui l'en empêche. Certainement le froid : son corps tremble et se raidit lorsqu'elle le touche. Dans son acharnement à le sauver, elle ressemble à…

Ils se sont déjà rencontrés, déjà aimés, longtemps auparavant. Il ne se souvient plus. Sans doute l'avait-il quitté par peur de succomber à son charme étrange, à ses orbites vides, sa mâchoire décharnée, sa longue robe trouée et son sourire absent. Il se souvient, maintenant : sa peau grisâtre semblait projeter des ombres et elle tenait toujours une rose fanée entre ses dents.

C'était sa désolation qui la rendait magnifique.

CHAPITRE VINGT-SIX

Frank émergea du néant avec difficulté. La nuit intérieure disparut peu à peu, une lumière grise filtrant à travers ses paupières à demi closes. Le sang ne coulait plus de sa blessure mais un violent mal de tête lui rappela qu'il était encore vivant.

L'angoisse s'installa progressivement en lui, à mesure qu'il prenait conscience qu'il n'était plus allongé sur un lit mais sur un sol ferme et caillouteux. Il songea stupidement à regarder l'heure mais le cadran de sa montre s'était brisé. Il se leva alors péniblement tout en se massant les tempes afin de tenter de dissiper l'illusion.

Mais rien n'y fit. Il se trouvait dans un lieu impossible à identifier, comme situé au milieu de nulle part ; le ciel était uniformément gris, sans nuage. Un ciel de fin du monde.

Frank avait l'impression d'avoir atterri sur la lune, sauf que dans le cas présent, aucun relief ne venait troubler la monotonie de l'horizon. Un vent puissant balayait sans interruption cette terre désolée : Frank grelottait, en ignorant si c'était de peur ou de froid. Sans doute un peu des deux.

Il n'y avait là que solitude, silence et ennui : il ne semblait exister ni habitation, ni route, ni être vivant à des kilomètres à la ronde. De quoi inciter Frank à penser que, sous peu, la mort serait sa seule amie. Comme dans un rêve ou un cauchemar, il ne parvenait pas à trouver de sens à sa présence dans cet endroit étrange et sans âge où semblait régner une perpétuelle pénombre.

Un grand calme s'était curieusement emparé de lui, bien que sa situation n'eut rien de particulièrement réjouissant : isolé dans un no man's land tellement intemporel qu'il en paraissait irréel... Cela l'amena à songer que ce qu'il voyait était uniquement le produit de son cerveau et qu'il ne tarderait pas à se réveiller.

Frank se pinçait la peau de toutes ses forces mais l'hallucination demeurait. Il ne parvenait pas à s'expliquer cette sensation d'être parfaitement éveillé alors que, manifestement, il rêvait. Ce ne pouvait être que cela : un rêve. Il *fallait* que ce soit un rêve...

Au terme d'un long moment passé à réfléchir et à attendre (y avait-il quelque chose à attendre ?), Frank commença à marcher, principalement dans le but de ne pas rester inactif et pour tenter de dissiper l'angoisse qui l'étreignait de plus en plus. Il choisit une direction au hasard, puisque aucun indice ne l'incitait à en préférer une, et avança droit devant lui d'un pas régulier.

Des images se formèrent progressivement dans son esprit. Il se revit enfant, jouant au foot avec le fils de sa famille d'accueil, puis adolescent, tourmenté par le même sentiment de solitude qu'à l'instant présent. Enfin, le jour de son mariage avec celle qu'il n'aurait jamais du rencontrer, leur éphémère bonheur, parce qu'il en est ainsi de tous les bonheurs et qu'il n'y a pas lieu de s'en émouvoir ; leur rupture, point de départ de sa déchéance.

L'image se brouilla et se mua en une insoutenable douleur. Frank tomba à genoux et se tint la tête à deux mains jusqu'à ce que le calme revienne dans son esprit. Il s'interrogea sur le nombre de kilomètres parcourus : dix, quinze ? Il n'existait aucun moyen de le savoir, puisqu'il ne disposait d'aucun point de repère. Frank constata alors que le soleil lui-même était absent…

Les heures défilaient sans aucune signification. Vides. Creuses. Plus exactement, elles ne défilaient plus, le temps étant devenu une notion totalement abstraite. Il réalisa que marcher sans espoir d'atteindre un but n'avait aucun sens. Il devenait de plus en plus évident qu'il n'y avait rien, ni ici, ni ailleurs. Il s'arrêta.

Le visage de Marco apparut dans son esprit. Visage inexpressif et muet, ce qui mettait Frank d'autant plus mal à l'aise. L'image s'effaça, laissant subitement la place à un désespoir immense. Vidé de sa force et de son courage, il songea à abandonner la lutte. Telle une bête blessée, il se laissa tomber à terre et demeura immobile en attendant la mort. Il espérait juste qu'elle ne tarderait pas trop.

La poussière soulevée par le vent enveloppa son corps comme dans un linceul. Une douce torpeur l'envahissait progressivement tandis que la lumière grisâtre se répandait sans fin sur le sol rocailleux.

Frank rouvrit les yeux soudainement, presque à son insu. Une lueur, infime trace de vie perforant la pénombre, brillait dans le lointain. Un espoir déraisonnable s'empara alors de lui, il retrouvait enfin une foi insoupçonnée en la vie. En sa vie.

Il fixa intensément la lueur, comme le condamné regarde son sauveur. Il se releva d'un bond pour courir vers ce qui constituait peut-être son salut, sans avoir la certitude de pouvoir l'atteindre.

Il avançait vers son objectif, hypnotisé, l'esprit vide et le cœur léger lorsqu'il eut subitement la nette impression d'être observé, bien qu'il fut toujours seul…

On l'épiait de l'intérieur. Un regard profond était posé directement sur son âme nue et sans défense, un regard où se mêlaient bonté et cruauté dans le même souffle de vie.

Frank éprouva alors une peur et une souffrance aussi intenses que le soulagement qui les suivit quand il prit conscience que *le* moment était enfin arrivé. Un rire méprisant à l'ampleur monumentale s'éleva dans l'espace pour résonner sans fin dans sa tête. Impossible d'en supporter davantage. Il hurla de toutes ses forces et son cri de rage s'unit au rire pour former une cacophonie infernale.

Le rire cessa brusquement et Frank se tut également. Le silence qui s'ensuivit sembla hurler tout autant. Plein d'angoisse, il comprit alors la raison de sa présence en ce lieu étrange.

La lumière demeurerait à jamais inaccessible…

Vaincu, il savait désormais où il se trouvait. Dans un ultime geste d'imploration, il leva les bras au ciel, un mot au bord des lèvres, mais aucun son ne sortit de sa bouche.

… parce qu'elle n'existait que dans son imagination.

A l'instant précis où il prit conscience de la vérité, la lumière s'éteignit définitivement. Frank était seul, seul pour l'éternité.

Personne, plus personne ne pouvait le délivrer.

CHAPITRE VINGT-SEPT

Frank se réveilla dans la chambre d'hôtel, allongé sur les draps tâchés de sang, presque étonné d'être encore en vie. La plaie s'était miraculeusement refermée durant son sommeil. Ne subsistaient qu'une douleur diffuse et une sévère gueule de bois.

Frank ne parvenait pas à se persuader qu'il venait de rêver. Son cauchemar lui semblait réel, bien trop réel...

Lorsqu'il était enfant, la même scène revenait sans cesse dans ses songes : il errait, seul et perdu, au cœur d'un immense espace vide et maintenant, à l'aube d'une mort qu'il devinait proche, il en comprenait enfin le sens.

Frank n'avait pourtant jamais demandé beaucoup à la vie : ni gloire, ni argent, ni espoir. Tout juste un peu d'amour. Mais sans doute était-ce déjà trop...

Comment en était-il arrivé là ? Il ne cherchait pas de réponse, de peur d'en être effrayé. Il se contentait de se souvenir, afin de faire revivre un peu de ce passé qui ne voulait pas mourir. Sentiment d'avoir été torpillé, fauché en plein vol.

Nul doute que Frank avait manqué un virage, un tournant capital dans son existence. Mais où? A quel moment ? Il niait l'évidence, si énorme, si vulgaire qu'elle l'insultait et le détruisait. L'orgueil et la malchance ne pouvaient à eux seuls tout expliquer. Trop simple.

La vérité était qu'il refusait d'admettre que le hasard avait guidé sa vie de manière dangereuse vers des impasses et des puits sans fonds où la lumière ne pénétrait pas. Qu'on le nomme chance ou malchance, Dieu ou destin, il est préférable de laisser le hasard en dehors de notre existence. Ce dernier avait placé Natassia sur la route de Frank. Natassia… Sa vie, son rêve éveillé. Sa mort.

Frank se doutait de la fin du scénario. Il perçut presque comme une délivrance le bruit du gyrophare deux tons utilisé par la police. Bien entendu, Natassia l'avait trahi. Qui d'autre ?

Sa gorge se nouait sous l'effet de l'émotion, ses yeux le brûlaient car toute énergie, toute envie de se battre l'avaient abandonné. Jamais, de sa vie entière, il ne s'était senti si vulnérable ; comme un enfant privé du sein de sa mère. Pourtant, il se devait d'assumer sa défaite : il avait joué, il avait perdu. Inutile d'épiloguer.

Depuis la fenêtre de la chambre, Frank vit les clients évacuer l'hôtel. Les flics étaient si nombreux qu'il ne parvenait pas à les compter. Il se sentait presque fier d'être la cause de toute cette agitation, espérant se montrer digne de l'honneur qui lui était fait, mais pour l'heure, son esprit était encore embrumé par l'alcool et par le regret d'une vie passée à se détruire ainsi qu'à détruire tout ce qui lui avait été cher. Une faible lumière filtrait au travers des stores poussiéreux. Il n'avait aucune idée de ce qu'il était sensé faire.

Tandis que Frank regardait fixement le ballet des rayons bleus, l'image de sa mère s'incrusta inexplicablement dans son esprit. En quelque sorte, elle était morte par sa faute. Donc, il l'avait tuée... Mais il était trop tard, désormais, pour les regrets comme pour le reste. Il avait passé sa vie à être en retard, jamais dans le bon tempo, pion perdu errant sur un échiquier trop grand, un échiquier aux dimensions de l'existence.

L'heure était à l'action, indiscutablement, et le 38 rangé dans la commode pouvait encore rendre un ou deux services.

Frank se demandait pourquoi les flics ne l'achevaient pas tout de suite, mettant par-là même un terme à une plaisanterie qui n'avait que trop duré. Sans doute étaient-ils occupés, pour l'heure, à quadriller le quartier afin de ne lui laisser aucune chance de s'échapper. Il avait presque envie de leur crier de ne pas se donner cette peine. Energie inutilement gaspillée...

Il aperçut soudain un homme, mégaphone à la main, qui tentait difficilement de s'extirper de la masse.

– Laisse-moi te parler, Frank ! Je vais monter, seul et sans arme.

Sans même attendre de réponse, Marco se dirigea vers l'entrée de l'hôtel déserté. Le destin leur avait fixé rendez-vous. Il ne fallait pas le décevoir.

Deux coups brefs et secs retentirent sur le bois de la porte, laissant deviner une froide détermination. C'était comme si Marco se rendait à un repas d'amis, comme si le temps ne s'était pas écoulé, comme si rien ne s'était passé, comme s'il n'avait pas grand chose à redouter de celui qui était devenu un ennemi de la société…

Le revolver à la main, Frank ouvrit la porte. Les deux hommes se firent face, s'observant et se dévisageant longuement. Silencieusement. Aucune émotion particulière dans leur regard, ni haine, ni reproche, comme s'ils s'étaient quittés la veille. L'ancienne amitié, enfouie sous la poussière du temps, pouvait-elle miraculeusement resurgir à un instant aussi critique ?

Frank se méfiait de Marco dont il connaissait le tempérament froid et calculateur, à l'exact opposé du sien. Il ne souhaitait pas tomber si facilement dans le piège.

– Entre, mon ami ! Quel bon vent t'amène ?

– Ton humour est toujours aussi pourri, mais ça me fait plaisir de te revoir. Tu ne me fouilles pas ?

– Non, je te fais confiance, même si je me doute que j'ai tort.

La voix de Marco n'avait pas changé, elle était juste devenue un peu plus rocailleuse, abîmée par le tabac et les ans. Il s'en dégageait cependant la même autorité qu'autrefois. Physiquement, il était resté identique : solide comme un roc et taillé pour durer. Frank ne pouvait pas en dire autant ; lui qui portait sur tout le corps les stigmates de sa vie mouvementée… Une longue cicatrice barrait sa joue gauche, souvenir d'une des nombreuses rixes nocturnes auxquelles il avait pris part, et ses yeux éprouvaient une certaine difficulté à fixer autre chose que le sol.

Marco avait compris d'instinct que Frank était foutu : toute fierté semblait l'avoir quitté et l'étincelle qui, jadis, brillait dans ses yeux au risque de l'embraser à tout moment, avait également disparu. Brisé. Marco, qui le connaissait si bien, avait rapidement acquis la certitude qu'il était devenu totalement inoffensif.

– Comment as-tu pu devenir flic, toi qui a passé ta jeunesse à les fuir ?

– C'est la vie qui est comme ça, Frank. Tu connais la chanson : on veut la changer et c'est elle qui nous change...

– Tu as raison, moi aussi elle m'a changé, mais pas de la même façon que toi.

– Tu ne peux t'en prendre qu'à toi-même, tu avais toutes les cartes en main pour gagner la partie. Au lieu de cela, tu as préféré te mettre en danger par des comportements irresponsables et suicidaires. Tu as gâché ton existence et c'est uniquement de ta faute. Souviens-toi ! J'ai renoncé à te fréquenter parce que je ne supportais plus de te voir agir uniquement dans ton désintérêt. Tu as joué et tu as perdu ; n'accuse pas la société d'être la cause de ton malheur ! Tu n'as pas à te plaindre !

– Je ne me plains pas...

Frank appréciait que Marco n'ait rien perdu de sa verve, même si ce qu'il disait ne lui faisait pas plaisir. La vérité n'est jamais agréable à entendre, surtout lorsqu'elle émane de la personne qui nous connaît le mieux.

Vrai. Frank s'interrogeait depuis longtemps sur la nature de l'homme qu'il était, tant ses actes et ses paroles se contredisaient d'un instant à l'autre. Aucune ligne directrice n'avait guidé sa vie, il n'avait fait qu'errer au gré de ses ivresses, tel le bateau de Rimbaud, sans force, sans la volonté de diriger son embarcation, préférant la laisser dériver sur la mer de ses doutes.

Il ne pouvait que constater que son attitude ne l'avait conduit nulle part, à part, prochainement, en prison. Amour, amitié, talent, argent... Tout était soluble dans l'alcool. Il avait payé le prix fort pour l'apprendre.

– Le jeu est fini, Frank. Game over. Tu me donnes ton flingue et on descend ensemble. Ne t'inquiète pas, il ne te sera fait aucun mal.

– Il me semble que le mal est déjà fait...

Frank se sentait à cet instant comme un animal pris au piège. Il n'envisageait pas d'aller en prison. Jusque là, la liberté avait constitué son bien le plus précieux. L'espace de quelques secondes, il songea à tuer Marco, sans trop savoir pourquoi. Peut-être pour le punir d'avoir si bien analysé le fond de son âme, bien mieux que lui-même en trente-trois ans d'existence, en tout cas. Encore ce stupide et mortel orgueil...

Frank ne perdait pas de vue qu'un régiment de flics d'élite n'attendait qu'un ordre pour lui faire la peau mais une réplique d'un film de série B lui revint en mémoire à l'impromptu : «La liberté, c'est juste un mot qui signifie : plus rien à perdre».

Cela correspondait relativement bien à sa situation. Il décida qu'il n'avait aucune raison de faire payer à Marco le prix de sa propre déchéance. Non. Il serait le seul à expier.

Frank pointa son arme en direction de Marco, qui pâlit considérablement mais resta muet, avant de s'enfoncer le canon dans la bouche. Il reconnaissait sa défaite : il appuya sur la détente sans chagrin mais plein d'une rage sourde. Marco esquissa un geste pour lui arracher le revolver des mains mais le mur était déjà souillé de sang, de cervelle et d'éclats d'os lorsqu'il y parvint.

Il demeura un long moment à contempler le cadavre de celui qui, en fin de compte, n'avait jamais cessé d'être son ami. Il avait juste fallu sa mort pour qu'il s'en aperçoive. Une tristesse incommensurable s'était emparée de lui et seule l'entrée de ses hommes dans la pièce le tira de sa torpeur.

– Nous admirons tous votre courage, commissaire.

– Ce n'est pas moi qui ai fait preuve de courage, c'est lui !, hurla-t'il en désignant le corps sans vie.

Marco quitta la pièce en abandonnant ses collègues à leur perplexité. Il fit comprendre aux journalistes qui l'attendaient à la sortie qu'il ne désirait pas parler. Son besoin de solitude était immense. On allait l'acclamer comme un héros alors qu'il n'avait fait que discuter avec un vieil ami. Ca n'avait pas de sens… Il recevrait, à n'en pas douter, une lettre de félicitations de la part du préfet. La belle affaire. Il se sentait responsable de la mort de Frank.

Marco marchait au hasard des rues, crucifié par le destin comme son ami l'avait été avant lui. Il erra ainsi jusqu'au soir, dans le but de se nettoyer la tête de ce qu'il venait de vivre. Sa femme et ses enfants devaient l'attendre mais il n'avait aucune envie de rentrer chez lui. Il savait qu'il ne parviendrait pas à supporter leurs questions.

C'était une chaude soirée d'été, le soleil couchant enflammait le peu d'horizon encore épargné par la gangrène du béton. Un hurlement semblait s'élever de ce ciel couleur de sang. Frank, lui, n'avait pas crié…

La nuit s'apprêtait à envahir la ville, assombrissant davantage l'humeur de Marco. Le lendemain, il serait dans l'obligation de taper son rapport d'intervention. Un lieutenant pourrait certes s'en charger mais il tenait à ce que la vérité, l'exact déroulement des faits, soient inscrits sur le papier administratif.

Marco n'avait pas mis les pieds dans un bar depuis des années. Depuis qu'il était marié et père de famille. Il hésita juste un instant avant de pénétrer dans le Black Hole, le temps de prendre conscience de la signification de son acte. Le bar venait d'ouvrir et il en était le premier client. Il s'installa au fond de la salle et commanda un whisky qui ne serait sans doute pas le dernier.

Il savait qu'il n'avait pas le droit d'agir ainsi, qu'il avait des responsabilités et que sa famille devait s'inquiéter de ne pas le voir rentrer.

Mais la journée avait été rude.

CHAPITRE VINGT-HUIT

Marco passa une grande partie de la soirée à boire, comme à l'époque où il fréquentait Frank. Il songea à sa propre vie, et au bilan qu'il pouvait en faire. Selon les critères moraux et sociaux communément admis par la société, elle était un succès : emploi bien rémunéré, couple stable et enfants adorables. Certaines nuits, cependant, alors que la ville entière dormait paisiblement, il s'asseyait dans le fauteuil de son salon, face à la grande baie vitrée, et laissait couler une larme sur le cadavre de sa vie passée.

Le souvenir de Frank lui évoquait la même impression. Il ne parvenait pas à dissiper le malaise qui rongeait son esprit, car certains détails le troublaient et lui laissaient un désagréable arrière-goût de pourriture coincé tout au fond de la gorge.

Inexplicablement, Marco avait rêvé de Frank, la nuit précédente, alors qu'il pensait l'avoir banni de sa mémoire. A son arrivée au commissariat, on lui avait annoncé qu'une jeune femme, prétendant être une amie de longue date, l'attendait dans son bureau. Il se doutait de l'identité de la personne.

– Quelle surprise de te revoir, Natassia.

Lorsqu'elle tourna la tête dans sa direction, il ressentit la même émotion que lors de leur première rencontre, dix ans auparavant. Elle n'avait pas changé…

– J'ai de bonnes nouvelles pour toi, Marco.

– Ta visite en constitue déjà une excellente.

– Pourquoi ne m'arrêtes-tu pas pour complicité de vol à main armée ?

– Parce qu'on n'interpelle pas les otages…

– Excuse-moi, j'avais oublié… Je viens te donner l'identité du braqueur, en échange de ma tranquillité.

– D'accord. Ce marché me convient. En souvenir du passé…

– Je pense qu'il est inutile de revenir sur ces vieilles histoires.

– Tu as raison, finissons-en. Alors ? Qui est-ce ?

– Il me semble que tu le connais. Il me parlait parfois de quelqu'un qui te ressemblait beaucoup. Je ne lui ai jamais dit que j'avais baisé avec un flic prénommé Marco. Il s'appelle Frank.

Ce n'était pas vraiment un scoop. Depuis ce rêve, Marco s'attendait à le voir resurgir dans sa vie d'une façon ou d'une autre.

– En effet, c'était mon meilleur ami, à une époque. Où est-il ?

– Théoriquement, dans un petit hôtel situé près de la gare Montparnasse. Bien entendu, il doit s'attendre à ce que je le balance, mais quelque chose me dit qu'il s'y trouve encore…

– La fameuse intuition féminine ? Bien. On va vérifier ça… Que comptes-tu faire, maintenant ?

– Partir, très loin d'ici. Tu connais mon goût pour les voyages… De plus, je pense que ça arrangera tout le monde.

– Une dernière chose : qu'as-tu fait de l'argent ?

– Frank l'a gardé. Mais j'avoue qu'il m'en a donné une petite partie. Pour couvrir mes frais…

Son sourire en disait long. Marco la connaissait suffisamment pour deviner qu'elle mentait. Il n'avait pas oublié son amour immodéré de l'argent et il lui suffisait de la regarder pour comprendre comment elle avait pu berner un homme tel que Frank : faible, beaucoup trop faible. Il n'avait nullement besoin d'explications, tout était tellement logique…

Marco ne se préoccupait pas de récupérer l'argent : quelques centaines de milliers de francs étaient quantité négligeable pour une banque.

Leurs adieux se firent sans émotion apparente, ils n'avaient plus rien à se dire. Le temps avait fait son œuvre…

Marco devinait qu'il aurait beaucoup de difficultés à oublier cette journée. La brusque réapparition de deux fantômes du passé ne constituait pas nécessairement un bon présage. Comment se persuader qu'il s'agissait d'un simple hasard ?

Il regagna son domicile alors que le bar fermait ses portes. Il avait décidé de prendre quelques jours de vacances. Pour oublier…

CHAPITRE VINGT-NEUF

Marco s'était installé avec sa famille dans un hôtel de la côte normande, situé à quelques mètres de la plage. Il avait demandé à sa femme qu'elle respecte son besoin de solitude et ne lui pose aucune question.

Le premier soir, il s'assit au volant de sa voiture et suivit la ligne blanche jusqu'au déclin du soleil. Nécessité absolue de réfléchir, de faire le point.

Frank. Mort. Par sa faute, peut-être, même s'il était sans doute écrit qu'il devait finir son existence ainsi. Marco estimait qu'il l'avait poussé au suicide, parce qu'il n'aurait pas réagi de cette manière face à un autre flic. Psychologie à deux francs. Le jeu n'en valait pas la chandelle. Leur amitié aurait du primer sur tout le reste, mais Marco s'en était aperçu trop tard et, maintenant, il marchait au bord de l'eau, les yeux tantôt rivés au sol, tantôt absorbés par l'horizon.

Dans cette banque, Frank avait croisé sa mort. Natassia l'avait fait pénétrer dans un cercle d'où bien peu parviennent à s'échapper. Marco avait eu cette chance. La chance de baiser la mort en personne et de survivre. Il en éprouvait une sorte de fierté malsaine.

Elle devait être loin, désormais. Il ferait disparaître toute trace de son existence. Il l'oublierait, grâce à l'amour de sa famille.

Frank, quant à lui, n'avait été qu'une ombre traversant la vie ou, plutôt, traversé par elle. Poreux à toutes les vicissitudes et à tous les désenchantements. Au cours de son existence, il avait sans cesse cherché l'amour pour, finalement, ne trouver que la mort. Il n'y avait aucune leçon particulière à tirer de ce constat.

Seul face à l'immensité de l'océan, Marco estimait cependant que toutes les existences, tôt ou tard, prenaient l'apparence d'une marche pénible au travers de champs brûlés. Ou peu s'en fallait.

A chacun son enfer, à chacun sa folie…

Marco avançait droit devant lui, sentant à chaque pas une sérénité nouvelle l'envahir un peu plus. Le soleil disparaissait progressivement derrière la ligne d'horizon, là où ciel et eau ne faisaient plus qu'un. Sous l'effet d'un léger vent, quelques vagues naissaient à la surface de l'océan tandis que se reflétaient à l'infini les derniers rayons lumineux.

L'obscurité serait bientôt totale.

Achevé d'imprimer en octobre 2002
sur les presses de la Nouvelle Imprimerie Laballery
58500 Clamecy
Dépôt légal : octobre 2002
Numéro d'impression : 209161

Imprimé en France